I0635015

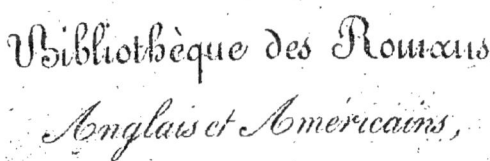

Bibliothèque des Romans
Anglais et Américains,

contenant

Les meilleurs Romans modernes,

Publiés en Angleterre et en Amérique,

TRADUITS DE L'ANGLAIS

Par M. A. J. B. Defauconpret,

Traducteur des Romans de sir Walter Scott
et de M. Cooper,

et une société de Gens de Lettres,

FRANÇAIS ET ANGLAIS.

PARIS,

Librairie de Charles Gosselin,
Rue de Seine, n° 12;

Mame et Delaunay-Vallée,
Rue Guénégaud, n° 25

1825.

# BIBLIOTHÈQUE
## DES ROMANS MODERNES
*Anglais et Américains.*

---

## WALLADMOR.

---

IMPRIMERIE DE COSSON, RUE GARANCIÈRE.

# WALLADMOR,

ROMAN ATTRIBUÉ EN ALLEMAGNE

## A SIR WALTER SCOTT;

TRADUIT DE L'ANGLAIS,

## PAR M. A. J. B. DEFAUCONPRET,

TRADUCTEUR DE LA COLLECTION COMPLÈTE DES ROMANS
HISTORIQUES DE SIR WALTER SCOTT.

## TOME TROISIÈME.

## PARIS,

### LIBRAIRIE DE CHARLES GOSSELIN,
RUE DE SEINE, N° 12;

### MAME ET DELAUNAY-VALLÉE, LIBRAIRES,
RUE GUÉNÉGAUD, N° 25.

M DCCC XXV.

# WALLADMOR.

## CHAPITRE PREMIER.

ANTONIO. — « Eh mais, vous me prenez, vous dis-je, pour un autre.
Regardez-moi donc bien !
L'OFFICIER. — Taisez-vous , bon apôtre !
Quoique vous n'ayez pas votre habit de marin .
Je sais , en vous voyant , quel est le pèlerin.
Qu'on l'emmène ! il sait bien que je dois le connoître. »

SHAKSPEARE.

ARRÊTÉ comme criminel d'état , Bertram avoit été conduit au château de Walladmor, parce que c'étoit la seule place de
tout le comté qu'on jugeât assez forte pour
résister aux tentatives désespérées que fe-
roient pour le délivrer les différens corps
de contrebandiers répandus sur toute la
côte. S'il n'avoit aucune chance d'être re-

III.                                    1

mis en liberté par un nouvel acte de violence, il ne désiroit nullement la devoir
à de pareilles mesures, et sous tout autre
rapport il se trouvoit dans sa prison aussi
bien qu'un prisonnier pouvoit le désirer.
Sir Charles Morgan n'auroit pas voulu que
qui que ce fût eût à se plaindre d'éprouver
dans son château un traitement inhospita-
lier; et, à l'exception des fers dont il étoit
chargé, Bertram se trouva cette nuit beaucoup mieux logé qu'il ne l'avoit encore été
depuis son naufrage.

A la lueur d'une lampe, dont la clarté à
la vérité n'excédoit guère celle que donne
une veilleuse, il vit qu'une collation froide
étoit servie sur une petite table placée au
milieu de sa chambre. Quelques chaises cou-
vertes en crin en formoient tout l'ameuble-
ment, mais il faut y ajouter un bon lit qui lui
avoit été préparé. Comme il éprouvoit plus
de fatigue que d'appétit, il se jeta sur le
lit dès qu'il l'eut aperçu, et ne tarda pas

à s'endormir. Il s'en fallut pourtant que son sommeil fût paisible : la fureur des vents, les mugissemens des vagues, et l'agitation de son esprit, l'éveillèrent bien des fois ; et pendant les courts intervalles d'un repos si souvent interrompu, des rêves sans liaison, qui se succédoient les uns aux autres, l'agitoient encore davantage. Tantôt ses songes lui présentoient l'image des champs de l'Allemagne et des amis qu'il avoit laissés ; tantôt ces mêmes amis le regardoient avec des yeux étincelant de colère et respirant la vengeance. Quelquefois il se trouvoit exposé aux plus grands périls parmi des animaux féroces ou au milieu d'un combat, et réduit à prendre la fuite sans savoir où aller ; une main sortoit d'un nuage pour le sauver, l'enlevoit de terre, et le laissoit tomber dans un précipice ; un des plus chers compagnons de sa jeunesse accouroit à lui en souriant, les bras ouverts et la tête cou-

ronnée de fleurs; et quand il approchoit
de lui, il prenoit un air sombre et lugubre,
et s'évanouissoit tout à coup; une fois il
se vit à bord de *la Fleur-de-lis*, à côté du
capitaine Le Harnois; battu par la tempête, et cherchant en vain un bon en-
crage. Il étoit à bord de ce bâtiment, et
cependant il n'y étoit pas, car il le voyoit
en même temps dans le lointain. Pendant
qu'il étoit dans cette perplexité, le tillac
de *la Fleur-de-lis* se changea en salle de
justice. Un avocat parlant une langue in-
connue l'accusoit, ou accusoit quelque
autre, d'un grand crime resté caché dans
les ténèbres depuis bien des années : le
juge se levoit pour prononcer la sentence,
et Bertram s'éveilla frappé de consterna-
tion.

Mais la voix qu'il entendit en s'éveil-
lant n'étoit pas celle d'un juge sévère et
inflexible. Ses accens étoient doux et flat-

teurs, semblables à ceux d'une femme qui
veut consoler.

— Edouard! mon cher Edouard! tels
furent les mots qu'il entendit prononcer à
voix basse, mais très-distinctement, à
quelques pas de son lit. L'ouragan s'étoit
calmé, la fureur des vagues s'étoit apai-
sée; deux heures du matin sonnoient au
même instant à l'horloge du château,
et c'étoit le seul bruit qui rompît le silence de la nuit. Bertram ne pouvoit
donc s'être trompé, et sachant que sa prison étoit inaccessible, il sentit ses super-
stitions germaniques renaître dans son esprit. Cependant il entendit répéter les
mêmes paroles, et ouvrant enfin les yeux
en les portant du côté d'où la voix se faisoit
entendre, il vit une jeune fille debout,
derrière la table dont nous avons parlé.
Elle portoit une robe de fourrure de loutre
de mer, et la lampe devant laquelle elle se

trouvoit donnoit assez de clarté pour que
Bertram reconnût sur-le-champ les traits
gracieux et l'expression touchante qui
avoient excité son admiration le jour de
la fête de Saint-David. C'étoit effectivement Miss Walladmor ; et derrière elle,
près de la porte, étoit une jeune personne
qui paroissoit sa suivante, et qui tenoit en
main un lanterne sourde.

— Cher Edouard ! répéta-t-elle encore,
écoutez-moi. Je ne puis vous parler qu'un
instant : car, si l'on me voyoit, tout seroit
découvert. Je vous adresserai à Paris ma
réponse à votre lettre. En attendant, je
trouverai quelque ami qui, demain soir,
j'espère, facilitera notre invasion. Oh !
Edouard, ne laissez pas échapper cette occasion ; car, excepté moi, vous n'avez ici
que des ennemis. Rendez-vous promptement à bord de quelque navire : voici de
l'argent, et voici ma montre pour que vous

puissiez connoître le prix des instans. Pro-
mettez-moi que vous vous évaderez. Il peut
venir un temps plus heureux. Promettez-
le-moi, cher Edouard !

Elle fondit en larmes en prononçant ces
paroles ; mais avant que Bertram pût lui
répondre pour la détromper, on entendit
frapper un léger coup sur une des barres
de fer. Il parut que c'étoit un signal con-
venu, car miss Walladmor tressaillit, et
s'écria d'une voix tremblante : — Adieu,
Edouard ! souvenez-vous...... Elle vouloit
ajouter quelque autre chose, mais une voix
partant du dehors s'écrie d'un ton d'impatience, quoique avec précaution : — Miss
Walladmor ! miss Walladmor ! Au même
instant, elle sortit de la chambre avec sa
suivante. Lorsque la porte s'entr'ouvrit,
Bertram aperçut la personne qui étoit en
dehors. C'étoit un jeune homme couvert
d'un grand manteau, sous lequel il entre-

vit un uniforme de dragon; et, à peine
avoit-il jeté sur lui un seul regard, qu'il
entendit le bruit des verrous et des barres
de fer, qu'on fermoit avec le moins de bruit
possible.

Il ne pouvoit douter que la visite de miss
Walladmor n'eût été destinée à Edouard
Nicolas; et, ne voulant pas qu'un secret
que le hasard lui avoit fait découvrir de
cette manière pût venir à la connoissance de
quelqu'un qui pourroit en abuser, il eut
soin, dès que le jour parut, de mettre en
sûreté les objets qu'elle avoit laissés sur la
table, de crainte que ses geôliers ne s'en
emparassent. C'étoit, comme elle l'avoit
dit, une belle montre et des lettres de crédit sur Paris pour une somme considérable, prises à la banque de Dolgelly.

De bonne heure dans la matinée, un des
domestiques du château, suivi par deux

soldats, arriva à l'instant où Bertram finis-
soit de déjeuner, et le pria de le suivre. Il
lui fit prendre le même chemin que le vieux
concierge avoit suivi la veille, lui fit traverser une autre partie du château, et le
conduisit dans une grande bibliothèque,
où se trouvoient quatre magistrats devant
lesquels il fut placé. Sir Morgan Walladmor et sir Charles Davenant y étoient aussi,
mais ils étoient assis à quelque distance, et
ne prirent aucune part à l'interrogatoire
qui suivit. Cependant ils examinoient de
temps en temps le prisonnier avec un air
d'intérêt, et sir Charles, qui écrivoit, quit-
toit quelquefois la plume pour écouter les
réponses de Bertram.

— Quel est votre nom? lui demanda le
plus ancien des magistrats.

— Edmond Bertram.

— D'où venez-vous?

— D'Allemagne.

— Où est votre domicile?

— En Allemagne, si je puis dire que j'en aie un.

— Avez-vous été élevé dans le même pays?

— Oui.

— Comment se fait-il donc que vous parliez anglais aussi bien qu'un naturel du pays?

— J'ai été élevé dans une famille anglaise dans le nord de l'Allemagne.

— Quel motif vous a amené en Angleterre?

— Pardon, mais je ne me crois pas obligé de répondre à de semblables questions, uniquement pour me justifier d'accusations mal fondées.

— Comment savez-vous qu'elles sont mal fondées? Vous ne les connoissez pas encore.

— Sans prétendre connoître bien parfaitement les lois anglaises, je suis sûr que je ne puis avoir violé celles d'aucun pays, depuis mon arrivée toute récente dans le pays de Galles.

— Etiez-vous présent à l'attaque qui a eu lieu contre les officiers de la douane près d'Utragan?

— J'en ai été le témoin, mais je n'y ai pris aucune part; je n'en connoissois même pas l'objet.

— Sur quel navire êtes-vous venu en Angleterre?

— Sur le bâtiment à vapeur *l'Alcyon.*

— Et vous étiez à bord de ce vaisseau quand il a sauté?

— J'ai été poussé dans la mer l'instant d'auparavant, et c'est ainsi que j'ai évité la mort.

— Et qu'êtes-vous devenu?

— Les vagues m'ont poussé sur les côtes d'Anglesea, à quelques milles au sud d'Holyhead : j'y ai été secouru je ne sais par qui; et j'en suis parti pour l'Angleterre à bord d'un bâtiment français.

— Où avez-vous logé après votre débarquement?

— A l'auberge de Machynleth.

— Où avez-vous été arrêté pour la première fois?

— Dans les ruines d'une vieille abbaye située dans les montagnes du comté de Mérioneth, ou plutôt, je crois, de Carnarvon.

— Pourquoi vous y trouviez-vous ?

— On m'avoit conseillé d'y aller.

— Pour quelle raison ?

— Uniquement pour admirer un reste intéressant d'antiquité , et un bâtiment très-pittoresque.

Les magistrats se regardoient les uns les autres en souriant.

— A quelle heure êtes-vous arrivé à l'abbaye d'Ap Gauvon ? continua celui qui l'interrogeoit.

— Entre neuf et dix heures du soir.

— Et quel temps faisoit-il ?

— Un froid très-vif et très-rigoureux.

— Et vous aviez choisi une pareille heure et un pareil temps pour aller admirer le pittoresque ?

Bertram garda le silence.

— Vous avez dit que vous avez été arrêté dans cette abbaye : quels sont ceux qui ont attaqué les officiers de justice pour vous délivrer ?

— Je l'ignore.

— Quels motifs avoient-ils pour le faire ?

— La reconnoissance, autant que je puis le croire ; j'avois rendu service à l'un d'eux.

— Connoissez-vous le capitaine Edouard-Nicolas, ou Nicolao, comme il se fait appeler quelquefois ?

— Non, répondit Bertram ; mais en même temps il rougit, et sentant que sa confusion seroit interprétée défavorablement, il chercha pour la cacher, à prendre l'air de mécontentement d'un homme in-

sulté, et demanda à savoir pourquoi on
l'avoit arrêté, et pourquoi il étoit soumis
à cet interrogatoire humiliant. Un des magistrats se leva, et lui répondit d'un ton
grave et solennel :

— Capitaine Nicolas, nous ne pouvons
avoir le moindre doute sur l'identité de
votre personne. Vous en jugerez vous-
même quand je vous aurai fait part des
informations que nous aurons reçues, et
dont vos propres aveux viennent de con-
firmer une grande partie. Nous avions
appris qu'Edouard Nicolas, accusé de
diverses contraventions aux lois, et sur le
point de partir de l'île de Wight pour
aller en France, avoit été arrêté et mis à
bord de *l'Alcyon*, bâtiment à vapeur. Une
explosion fait sauter ce navire ; l'équipage
et les passagers périssent ; mais on sait que
Nicolas s'est sauvé du naufrage, car on l'a
vu, depuis ce temps, avec un Hollandais

nommé Van der Velsen, et le capitaine
Le Harnois, autrement dit Jackson ; il les
aide dans une entreprise de contrebande,
quoiqu'on ne sache quel intérêt personnel
il pourroit y avoir ; il trompe le lord lieutenant par une histoire mensongère, et
conduit sur la route d'Utragan un pré-
tendu convoi funèbre. Une escarmouche a
lieu entre les officiers des douanes et les
contrebandiers qui composoient ce convoi
supposé. Vous avez avoué vous-même que
vous y étiez présent, et il vous auroit été
inutile de le nier, car nous avons des témoins qui pourroient le prouver, et qui
vous y ont vu armé d'un bâton d'une grosseur peu ordinaire ; je pourrois dire d'une
dimension monstrueuse. (Ici le prisonnier
ne peut s'empêcher de sourire, ce qui
n'empêcha pas le magistrat de continuer.)
Un bâton enfin tel que personne n'en porte,
n'en porta ni n'en portera jamais avec de
bonnes intentions. Nous sommes informés

de plus que Nicolas se rendit d'Utragan à Ap Gauvon ; et vous convenez que vous y avez été , sans que vous en donniez aucun motif raisonnable ; car l'allégation de votre goût pour les ruines et le pittoresque, à une pareille heure et par un temps semblable , est indigne de vous. A Ap Gauvon, vous êtes arrêté , et sur-le-champ on vous soustrait de vive force à l'autorité de la justice. Vous prenez la fuite , et vous allez vous cacher dans la bergerie d'un paysan dont vous tuez le chien , de peur qu'il ne vous trahisse en aboyant. On vous suit à la piste , vous êtes arrêté une seconde fois le lendemain , et dans la soirée du même jour on fait une nouvelle tentative en votre faveur; une insurrection a lieu pour vous délivrer. Enfin, quand on apprend hier soir qu'on doit vous transférer à Walladmor, on voit un bâtiment contrebandier s'approcher des côtes , et faire, pendant cinq heures, des signaux

1*

qui vous étoient incontestablement adressés.
Cette chaîne de preuves circonstancielles
est complète, et il n'y manque absolument rien.

Bertram garda le silence, car il ne pouvoit se dissimuler qu'il existoit de fortes
présomptions contre lui. Sans parler de la
coïncidence accidentelle entre ses mouvemens et ceux de Nicolas, comment pouvoit-il se faire que lui, qui se prétendant
étranger à ces contrebandiers, en eût reçu
des secours si prompts et si actifs? Quel
motif pouvoit les avoir engagés à déployer
tant de zèle pour sa délivrance? Il auroit
pu faire observer au magistrat que la
même méprise qui l'avoit fait arrêter,
comme étant le capitaine Nicolas, pouvoit avoir porté d'abord des contrebandiers à le délivrer, et occasioné ensuite,
toujours par la même cause, l'émeute du
peuple, animé d'ailleurs par la haine qu'il

portoit à l'alderman Gravesand. Mais indépendamment de la masse des présomptions qui s'élevoient contre lui, et de la
malheureuse ressemblance de ses traits à
ceux de l'individu dont on cherchoit à
s'assurer, les reproches qu'il se faisoit à
lui-même de son indiscrétion, l'inquiétude qu'il éprouvoit en songeant à l'embarras dans lequel il alloit se trouver dans
un pays où il n'avoit pas un ami, pas une
connoissance, lui troublèrent tellement
l'esprit, qu'il ne pût prononcer un seul mot.

Les magistrats l'examinoient avec attention, et ils interprétèrent défavorablement
son silence et son air de confusion. Ils
l'exhortèrent très-sérieusement à faire avec
franchise l'aveu de ce dont on l'accusoit,
et ajoutèrent que c'étoit le seul moyen qui
lui restât pour obtenir quelque indulgence
de la part du gouvernement.

Cette invitation rendit à Bertram toute

sa présence d'esprit. Il protesta brièvement de son innocence, avec fermeté et indignation, ajoutant qu'il étoit victime d'une malheureuse ressemblance avec la personne qu'on cherchoit véritablement, mais qu'à moins que les magistrats ne prissent sur eux d'affirmer qu'il étoit à leur connoissance que cette ressemblance étoit plus forte qu'il ne pouvoit le croire, ils n'avoient pas droit de concevoir de pareils préjugés contre lui, encore moins de le regarder comme convaincu.

Tous ceux qui étoient présens avoient vu autrefois le capitaine Nicolas, mais fort rarement depuis quelques années. Cependant un des magistrats, qui l'avoit vu plus fréquemment que ses confrères, et qui avoit même plusieurs fois conversé avec lui, déclara qu'il étoit parfaitement convaincu de l'identité du prisonnier, et que rien de ce qu'il avoit dit n'ébranloit cette conviction. Les autres se levèrent aussitôt, dirent à Bertram qu'on lui enverroit un ministre pour lui donner les leçons et les consolations de la religion, l'invitèrent à saisir cette occasion pour se réconcilier avec le ciel ; et jugeant, comme on l'avoit déjà fait en le conduisant au château de Walladmor, que la maison d'arrêt de Dolgelly n'étoit pas assez forte pour garder en sûreté un homme aussi rusé et aussi actif que le capitaine Nicolas, et qui avoit au dehors des amis si audacieux dont la violence étoit à craindre, ils ordonnèrent qu'il continuât à être détenu dans la tour du Faucon.

Cependant, d'après une observation de sir Morgan Walladmor, qui n'avoit pas prononcé un seul mot pendant tout cet interrogatoire, mais qui avoit évidemment pris le plus grand intérêt à tout ce qui se passoit, le prisonnier fut déchargé de ses fers, cette précaution paroissant inutile dans une prison que sa situation rendoit imprenable, et étant injuste avant que son crime fût pleinement établi.

Cette attention, et la bonté qu'eut le digne baronnet de lui envoyer quelques livres ; rendirent à Bertram tant de calme, et l'on pourvut si abondamment à tout ce qu'il pouvoit désirer, que, sans la perte de sa liberté, et la perspective incertaine que lui présentoit l'avenir, il se seroit trouvé aussi heureux qu'on peut l'être dans une solitude complète, quoiqu'il habitât cette antique demeure aérienne que tous les marins et les habitans des six comtés à la ronde nommoient depuis bien longtemps, la tour de la Mort.

~~~~~~~~~~~~~~~~~~~~~~~~~~~~~~~~~~~~~~~~~~~~~~~~~~~~~~~~

# CHAPITRE II.

AUMERLE. « — Permettez-moi d'abord de fermer cette porte ;
Je voudrois vous parler sans être interrompu.
BOLINGBROKE. — Tout comme il vous plaira.
YORK, *en dehors.* — Seigneur, tout est perdu !
Prenez bien garde à vous ! vous êtes près d'un traitre !
BOLINGBROKE. — Ce fer le punira, si je crois qu'il peut l'être.
AUMERLE. — Retenez votre bras, et ne redoutez rien. »

SHAKSPEARE.

PENDANT ce temps, miss Walladmor
faisoit, pour parvenir à rendre la liberté au
prisonnier, autant d'efforts que le lui permettoit le mystère dont elle vouloit couvrir
la part qu'elle y prendroit. Elle s'adressa
d'abord à sir Charles Davenant ; car elle savoit fort bien que c'étoit en grande partie
des dispositions de cet officier pour le ca-

pitaine Nicolas que dépendoit la réussite
du projet qu'elle avoit conçu : et dans le
cas dont il s'agissoit, des circonstances également connues de sir Charles comme
d'elle-même , faisoient qu'elle ne pouvoit
trop compter sur la générosité naturelle de
son caractère. Il falloit pourtant bien courir quelque risque, et elle lui écrivit pour
le prier de venir la trouver dans la bibliothèque.

Sir Charles Davenant devina probablement le motif qui lui avoit fait donner ce
rendez-vous ; car, lorsqu'il y arriva avec
toute l'exactitude d'un militaire, sa physionomie n'annonçoit pas cet empressement
joyeux qu'on auroit dû attendre d'un
homme âgé de trente ans tout au plus, que
la belle héritière de Walladmor avoit invité à un entretien particulier.

En entrant dans la bibliothèque, il la

salua; mais ce ne fut pas avec son aisance ordinaire, et un air de chagrin étoit visible sur ses traits. Il la pria de lui apprendre à qui il devoit le bonheur d'avoir reçu l'ordre de se rendre près d'elle. Il prononça ces mots avec beaucoup de gravité; miss Walladmor leva les yeux sur lui; mais ce fut en vain qu'elle chercha sur toute sa physionomie quelque signe d'encouragement. Elle trembla, non par suite du trouble et de l'embarras que tant de femmes auroient éprouvé à sa place; ces émotions secondaires se taisoient devant la crainte et l'inquiétude qui la dévoroient; c'étoit l'angoisse de l'incertitude qui la faisoit trembler.

— Sir Charles, lui dit-elle enfin, il fut un temps où vous ne m'auriez refusé aucune demande qu'il eût été en votre pouvoir de m'accorder.

— Ce temps existe encore, miss Wal-

III.                                        2

ladmor. Pour contribuer à votre bonheur, je sacrifierois, sans hésiter, ma fortune, ma vie, tout, excepté mon honneur.

— Je dois donc en conclure que votre honneur vous prescrit de me refuser la demande que j'allois vous faire, car je m'aperçois que vous l'avez déjà devinée ?

— Je n'affecterai pas de ne pas comprendre ce que vous désirez, miss Walladmor. Le prisonnier est gardé par les soldats qui sont sous mes ordres, et vous souhaitez que je favorise son évasion.

Miss Walladmor ne répondit qu'en baissant la tête.

— Mais cela m'est impossible, ma chère miss Walladmor, absolument impossible, soyez-en bien convaincue. D'ailleurs, quand mon devoir comme militaire ne me défendroit pas de me prêter à une pareille manœuvre, qui me rendroit criminel au plus

haut degré, ce seroit courir un risque inutile. L'homme à qui vous prenez intérêt, le
prisonnier, je veux dire, est absolument
fou. Pardon, miss Walladmor : à Dieu
ne plaise que je veuille vous causer le
moindre chagrin ! je voulois seulement dire
que si, de manière ou d'autre, il recouvroit
sa liberté, les vues qu'il paroît entretenir le
retiendroient dans ces environs; il seroit
inévitablement repris, et j'aurois violé mon
devoir, sans avoir accompli vos désirs.

S'apercevant que miss Walladmor paroissoit embarrassée, agitée et hors d'état
de parler, il continua :

— Il est possible que vous ne sachiez
pas quelle a été sa conduite depuis un
certain temps : on lui attribue des traits....

— Sir Charles, dit miss Walladmor,
vous savez parfaitement que ceux qui ont
perdu les bonnes grâces du monde et qui

sont tombés dans l'infortune ne doivent
pas s'attendre qu'on juge charitablement ce
qu'ils peuvent faire , dire ou penser. Il
semble que tous les bras soient levés contre
un homme renversé. Mais, quoi que puisse
avoir fait le malheureux prisonnier, vous
venez vous-même d'en suggérer une excuse; et vous me faites moins de peine en y
faisant allusion, que lorsque vous l'oubliez.

— Croyez-moi, miss Walladmor, je ne
l'oublie pas, et on ne l'oubliera pas dans
une cour de justice. Il n'en devient donc
que moins nécessaire que, dans un tel
état de choses, vous vous exposiez aux
discours empoisonnés de gens moins capables que moi d'apprécier la pureté de
vos motifs.

— Oh, sir Davenant! s'écria miss Walladmor, ne me parlez pas de pareilles considérations. Elles pourroient avoir du poids

pour toute autre que moi; mais comment pourrois-je y avoir égard, moi qui ai dû trois fois la vie à celui dont nous parlons?

Cette dernière phrase fut à peine articulée; l'excès de son émotion lui fit perdre la voix, et elle versa un torrent de larmes.

Sir Charles fut ému à son tour. Les larmes d'une femme, d'une femme belle, jeune et évidemment malheureuse, son attitude suppliante, ses traits intéressans, le son touchant de sa voix, étoient des armes auxquelles tout son courage ne pouvoit résister. Il n'eut pas la force de dire à une telle affligée que son affliction étoit vaine. Il appuya une main sur son front, et lui dit, après quelques instans de réflexion :

— Je crains d'avoir des reproches à me faire, ma chère miss Walladmor : ce qui est excusable en vous, peut être répréhensible

en moi ; cependant je me sens hors d'état
de résister à d'aussi instantes prières. Je fe-
rai donc tout ce qu'il m'est possible de
faire pour que vos désirs puissent s'accomplir. Aller plus loin seroit nous exposer
tous deux au risque d'être découverts.
Employez toute votre influence sur le soldat qui sera de garde à la porte du prisonnier ; je n'y en placerai qu'un seul, et je
choisirai celui que je croirai le plus porté
à se laisser déterminer à.... à oublier son
devoir. Les sentinelles qui gardent la porte
du château ont pour consigne de n'y laisser
entrer aucune personne suspecte, et je ne
leur donnerai pas celle d'empêcher qui que
ce soit d'en sortir. En un mot, faites à
cet égard ce que vous jugerez convenable,
et je vous promets de ne rien voir de ce qui
se passera. Je ne puis mieux favoriser vos
intentions dans un cas semblable, car, en
voulant faire davantage, je pourrois nuire
à leur réussite.

Un sourire se fit jour à travers les larmes de miss Walladmor ; et elle remercia avec chaleur sir Charles, qui la salua et se retira.

Sir Charles Davenant étoit d'une ancienne famille ; on s'attendoit à le voir faire un chemin brillant dans le monde ; mais il avoit peu de fortune. Sir Morgan Walladmor, dont il étoit parent éloigné, avoit été son tuteur ; et c'étoit à son crédit et à sa bourse que sir Charles avoit dû la première commission qu'il avoit obtenue dans l'armée, et son avancement progressif. Ces circonstances ne pouvoient être inconnues à miss Walladmor ; mais elle avoit eu trop de justice et de délicatesse pour vouloir y faire allusion dans la circonstance dont il s'agissoit. Sir Charles n'en fut que plus disposé à se les rappeler, et il ne perdit pas un instant pour prendre les mesures convenables et faire les arrangemens nécessaires pour favoriser les desseins de la belle protectrice du prisonnier; car il savoit que chaque courrier pouvoit apporter des ordres du gouvernement qui en rendroient l'exécution impossible.

De son côté, miss Walladmor pensa que, pour réussir dans son projet, la coopération de sa femme de chambre lui étoit indispensable, et pour cela il falloit qu'elle la mît, jusqu'à un certain point, dans sa confidence. Dans des circonstances ordinaires, cette nécessité eût été pénible pour une femme douée de délicatesse et de sensibilité; mais le moment ne permettoit pas qu'elle conservât de semblables scrupules; et les difficultés, qui lui auroient paru insurmontables, si elle avoit eu la liberté du choix, s'évanouissoient quand elle songeoit qu'elle n'avoit pas d'autre moyen pour sauver un infortuné. D'ailleurs, mettant à part le désagrément de faire de pareils aveux, il n'existoit personne à qui miss Walladmor eût pu les faire avec moins de répugnance qu'à sa jeune femme de chambre.

Grace Evans étoit une aimable et jolie fille qui avoit été élevée dans un respect presque superstitieux pour toute la maison de Walladmor, et particulièrement pour sa jeune maîtresse, qui avoit été la bienfaitrice de toute sa famille. Son attachement pour elle étoit sans bornes, et jamais elle n'auroit pu se résoudre à blâmer rien de ce qui auroit obtenu l'approbation de miss Walladmor; jamais aucun obstacle ne l'auroit empêchée de travailler de tout son pouvoir à l'exécution de tout ce qu'elle auroit entrepris par ses ordres.

Mais, dans l'affaire dont il s'agissoit, elle ne trouvoit rien qui exigeât qu'elle se rappelât fortement ses devoirs et l'affection qu'elle avoit vouée à sa maîtresse, rien qui

contrariât le sentiment naturel qu'elle avoit
des convenances. Au contraire la conduite de miss Walladmor lui paroissoit
toute simple. Elle connoissoit, de même
que tout le pays, les liaisons qui avoient
existé autrefois entre elle et Édouard Nicolas, et l'attachement mutuel qui en avoit
été le résultat. Et il est remarquable que
toutes les femmes douées d'une sensibilité
pure et profonde, surtout celles qui vivent
dans une sphère peu élevée, qui ont sur ce
sujet des idées presque superstitieuses, et
qui sont moins exposées à les voir ébranler
par le ridicule qu'on y attache trop souvent dans le grand monde, regardent l'a-
mour, et surtout l'amour malheureux, avec
une sainteté d'intérêt et de compassion,
comme on en accorde à la religion et à la mémoire des morts. A cet égard, les femmes
d'une classe inférieure, prises en général,
sont souvent plus dignes de respect et
d'admiration que celles d'un rang plus

élevé, parce qu'elles sont moins entourées de tentations capables de détourner le cours naturel de leurs affections, et parce que le ton de la société qu'elles voient est moins mondain. Cependant les femmes de toutes classes montrent sur ce sujet une pureté et une élévation de sentiment que ne peut atteindre notre sexe, dans la composition duquel il semble qu'il entre des élémens plus grossiers.

Ce fut pour cette raison que miss Walladmor trouva dans son humble suivante une compassion plus profonde et plus active qu'elle n'auroit pu espérer d'en rencontrer dans beaucoup de personnes de son propre rang. Depuis long-temps le cœur tendre de cette bonne fille avoit été vivement affecté par le spectacle du chagrin et du malheur qui accabloit sa jeune maîtresse qui le méritoit si peu. Elle fut aussi enchantée qu'elle se trouvoit hono-

réc de la confiance que miss Walladmor
lui accordoit; elle mit en œuvre sur-le-
champ tous les ressorts de son imagination
pour chercher les moyens les plus sûrs
pour accomplir la délivrance du prisonnier; et, pour lui rendre justice, nous de-
vons dire qu'elle avoit une imagination
vraiment féminine, c'est-à-dire fertile en
stratagèmes et en ressources. Il est rare que
les crimes politiques soient des crimes aux
yeux des femmes, et indépendamment de
l'intérêt plus vif que Grace Evans prenoit
à ce cas particulier, elle auroit volontiers
prêté son aide gratuit, en toute occasion,
pour faire échapper de prison quiconque
y auroit été détenu pour quelque offense
commise contre qui que ce fût des secré-
taires d'état.

On frappa en ce moment à la porte de
l'appartement de sa maîtresse, et cette interruption abrégea ses réflexions, et servit

à la diriger dans ses plans. C'étoit un domestique de sir Charles Davenant qui apportoit une lettre ainsi conçue :

« Ma chère miss Walladmor,

» Il est possible que des affaires relatives
à mes devoirs militaires m'obligent à quitter
ce soir le château pour quelques jours. C'est
un nouveau motif, indépendamment de tous
les autres, pour que vous ne perdiez pas
un instant pour accomplir les projets que
vous pouvez avoir formés. Je crois devoir
vous instruire que Thomas Godber, ci-
devant domestique en ce château, où il
étoit, je crois, palefrenier, vient de s'en-
rôler, du consentement et avec l'approbation de sir Morgan, dans l'une des deux
compagnies de dragons qui s'y trouvent. Il
commencera ce soir son service. Tout ce
que je sais de lui, c'est qu'il passe déjà
parmi ses nouveaux compagnons pour un

jeune homme d'un excellent caractère. Je
présume qu'étant attaché depuis long-
temps à votre famille, il partage l'attachement général que miss Walladmor inspire
à tout ce qui l'entoure. C'est pour cette
raison que je l'ai choisi pour occuper aujourd'hui le poste le plus important, et il
y sera de garde ce soir à huit heures. Je
dois ajouter qu'il sera nécessaire qu'il ne se
montre pas, d'ici à quelque temps, après
l'évasion du prisonnier.

» Je vous souhaite en secret dans cette
entreprise tout le succès que je me ferois
honneur de vous souhaiter ouvertement en
toute autre occasion, et je suis avec le plus
profond respect,

» Ma chère miss Walladmor,

» Votre fidèle et dévoué serviteur.

» Charles DAVENANT. »

Cette lettre délivra miss Walladmor
d'une grande partie de ses inquiétudes, car
non-seulement Thomas Godber étoit cor-
dialement attaché à une famille qu'il servoit depuis son enfance; mais il devoit une
reconnoissance particulière à mis Walladmor, pour le consentement qu'elle avoit
donné à son mariage avec Grace, que Thomas courtisoit depuis long-temps. Grace,
de son côté, fut enchantée en apprenant
les arrangemens que sir Charles venoit de
faire, et répondit de la bonne volonté de
Tom, avec l'air d'une femme qui comptoit
trouver en lui, comme amant, une obéissance plus illimitée que son souverain et
son colonel n'en pouvoient espérer comme
sujet et comme soldat.

Pour arrêter le plan de cette entreprise
importante et dangereuse, il étoit indispensable que miss Walladmor vît Thomas Godber et se concertât avec lui. S'en-

veloppant d'une grande mante, et se laissant
conduire par Grace, qui la fit passer dans des
corridors et sur des escaliers qu'elle connoissoit à peine, elle descendit dans une
espèce de galerie en arcades qui formoit
un des côtés de la grande cour du château.
Grace la fit entrer dans une chambre ordinairement occupée par la femme de charge,
qu'elle savoit être sortie du château pour
quelques heures, et, ayant prié sa maîtresse
de s'y asseoir, elle en ferma la porte, pour
que personne ne pût venir l'y interrompre,
en prit la clef, et courut chercher son amant.
Elle étoit déjà disposée, pour son compte
personnel, à être mécontente de ne pas le
trouver sur-le-champ; et, quand enfin elle
y eut réussi, elle ne fit, chemin faisant, que
le gronder d'être assez téméraire pour se
faire chercher quand miss Walladmor avoit
la bonté de vouloir lui parler.

Les facultés intellectuelles de Thomas

Godber n'étoient pas d'un ordre très-
élevé ; nous ne pouvons dire s'il avoit
quelque intelligence secrète et encore ca-
chée qui le rendît propre à des spécula-
tions philosophiques ; mais nous espérons,
pour l'honneur de notre sexe , qu'il
avoit quelques qualités brillantes, imper-
ceptibles pour tout autre , mais qui faisoient disparoître aux yeux de Grace l'in-
fériorité prodigieuse qu'on remarquoit dans
son amant en tout ce qui paroissoit au-de-
hors. Quoi qu'il en soit, Thomas n'avoit
aucune vanité à cet égard , et personne ne
pouvoit avoir une opinion plus humble de
son propre mérite, et une plus élevée de
celui de Grace. En cette occasion, après
avoir pris la liberté de lui représenter qu'il
n'avoit pu prévoir un événement si extraordinaire que celui d'être mandé en présence de la jeune maîtresse du château,
précisément à cinq heures et demie du soir,
il n'osa recourir une seconde fois à un

2*

mode de justification qui ne sembloit qu'a-
jouter au mécontentement de Grace, et, re-
nonçant à un argument aussi foible, il prit
le parti le plus prudent pour un homme
accusé par sa maîtresse, celui d'implorer
sa merci.

C'étoit un acte de sagesse, car Grace
étoit toujours pleine d'indulgence, et prête
à pardonner à ceux qui convenoient de
leurs torts, et elle fit rentrer la paix dans
le cœur de Thomas, par un sourire d'encouragement, qui lui étoit alors bien nécessaire, car il n'étoit pas besoin que les
sourcils froncés de sa maîtresse ajoutassent
à l'embarras d'un homme qui perdoit presque l'esprit en songeant que miss Walladmor vouloit avoir une entrevue particulière avec lui, honneur auquel il n'auroit
jamais songé, et sans qu'il pût deviner quel
devoit être le sujet de la conversation. Laquelle de ses vertus pouvoit lui avoir procuré

cette distinction? Il ne s'en connoissoit
aucune qui pût mériter l'attention de miss
Walladmor. Vouloit-elle donc le répri-
mander de quelqu'une de ses fautes? Il
lui eût été plus facile de faire un examen
de conscience à ce sujet, mais il ne jugeoit
pas probable qu'une personne d'un rang
aussi élevé que mis Walladmor prît tant
d'intérêt aux peccadilles d'un pauvre diable
dont les plus grands délits étoient peut-
être consignés sur le mémoire d'un ca-
baret. Grace, à qui il demanda quelques
informations à ce sujet, lui répondit seulement qu'il n'avoit pas besoin de mettre à
la torture sa pauvre cervelle; qu'il n'avoit
qu'à faire tout ce qu'on lui ordonneroit,
et qu'il seroit sûr de bien agir. Ils arrivèrent enfin à la chambre où elle avoit laissé
sa maîtresse; elle en ouvrit la porte, et
l'introduisit devant elle.

Miss Walladmor, avec sa bonté ordi-

naire, avant de lui parler de rien qui eût
rapport à l'affaire pour laquelle elle le faisoit venir, lui fit quelques questions sur sa
mère et sur le parti qu'il avoit pris de s'en-
rôler dans les dragons. Tom se trouva en
état d'y répondre assez couramment, et
sans autre embarras que celui qui résultoit
d'une situation si nouvelle pour lui. Mais,
lorsqu'elle commença à lui faire quelques
questions pour savoir s'il connoissoit le
capitaine Nicolas, il bégaya et laissa voir
la plus grande confusion.

La vérité étoit qu'il le connoissoit parfaitement, qu'il lui étoit entièrement dévoué, et que ce n'étoit pas sans raison ;
car le capitaine l'avoit un jour généreuse-
ment protégé, au risque de sa propre vie,
contre une troupe de contrebandiers qui
vouloient le tuer, parce qu'ils le soupçon-
noient de l'avoir trahi, trahison pourtant,
comme on le découvrit par la suite, dont on

ne devoit accuser que la mère de Thomas,
la vieille Gillie Godber. Malgré ce motif
de reconnoissance et plusieurs autres qui
s'y joignoient, il arrivoit souvent que,
pour en donner des preuves au capitaine, il étoit obligé d'oublier ses devoirs
envers sir Morgan, et il vivoit dans une
crainte perpétuelle qu'on ne s'en aperçût,
de sorte qu'il n'entendoit jamais prononcer
le nom d'Edouard-Nicolas, sans éprouver
des inquiétudes d'une part, des remords
de conscience de l'autre, et sans montrer
un embarras évident. Depuis quelque
temps, il étoit devenu plus dangereux que
jamais d'être soupçonné d'avoir quelques
liaisons avec le capitaine Nicolas; et cette
crainte, qui pesoit sans cesse sur l'esprit
du pauvre Thomas, bannissoit de son souvenir en ce moment l'idée que miss Walladmor, comme tout le monde le savoit
dans le pays, n'étoit pas la personne qui
auroit regardé d'un œil sévère sa conduite

à cet égard, si elle l'avoit connue. La peur
d'être enfin découvert sembla le pétrifier,
et il ne fit que bégayer d'une manière in-
intelligible.

— Sot imbécile! lui dit Grace, ne pouvez-vous dire à ma maîtresse si vous connoissez ou non le capitaine Édouard-
Nicolas?

— Bien certainement, répondit Thomas
en hésitant encore, je ne puis nier que....
je ne connoisse le capitaine.... de vue.

— Et quand vous serez de garde à la
porte de sa prison, continua la suivante,
si miss Walladmor vous ordonne de l'ouvrir pour le laisser évader, je présume que
vous n'aurez pas le front de faire quelque
sotte objection?

Thomas ouvrit de grands yeux, et laissa
échapper des signes de répugnance autant
que de surprise. Le fait étoit qu'il étoit

secrètement instruit que le prisonnier détenu dans la tour du Faucon n'étoit pas le
capitaine Nicolas, et qu'il ne se soucioit pas
de mettre fin si promptement à une méprise qui lui paroissoit devoir contribuer à
la sûreté de son bienfaiteur. Il murmura
indistinctement quelques mots parmi lesquels on distingua ceux de parlement, de
roi et de haute trahison.

— Haute trahison ! dit Grace ; fadaises !
Qu'est-ce que cela en comparaison des
ordres de ma maîtresse ?

— Vous avez raison , dit Thomas ; mais
le roi.....

— Le roi ! s'écria Grace , ne jetez pas
vos méfaits sur les épaules du roi , Tom.
Le roi ne seroit nullement fâché d'apprendre que vous ayez commis une petite
trahison , si vous lui disiez que c'étoit par
les ordres d'une dame. Ainsi , Monsieur ,
faites ce qui vous est ordonné , ou si non...

Pour remplir la lacune qu'elle laissoit
dans sa phrase, elle leva l'index d'une manière menaçante, et regarda Thomas en
fronçant tellement les sourcils, qu'il vit
qu'il s'exposoit à se rendre coupable de
haute trahison contre une autorité beaucoup plus souveraine pour lui que celle du
roi. Il s'empressa donc, par la soumission
entière qu'il annonça par ses regards et ses
discours, de se justifier du crime de rébellion, et de détourner le courroux de Grace
en l'assurant qu'il feroit tout ce qui lui seroit ordonné. Qu'il s'agît de grande ou de
petite trahison, peu lui importoit : son repentir étoit sincère, et il étoit déterminé
à faire oublier sa faute par une obéissance
sans réserve à l'avenir.

Miss Walladmor commença alors à donner ses instructions à Thomas ; mais tout
à coup elle fut interrompue par un grand
bruit qui se fit entendre dans la cour, et

par un mouvement général qui parut avoir
lieu dans tout le château. Grace, craignant
qu'on ne les découvrît dans cette chambre,
se hâta de congédier Thomas après lui
avoir dit quelques mots à l'oreille, et je-
tant la mante sur les épaules de sa maîtresse, elle prit la lanterne sourde dont elle
s'étoit munie, et la reconduisit dans son
appartement.

Cette interruption étoit occasionée par
M. Dulberry. Ce chaud patriote étoit
courroucé de l'arrestation d'un homme
contre lequel il ne s'élevoit que des présomptions de délits politiques qui, à son
avis, faisoient honneur à celui qu'il regardoit comme une victime de la persécution : mais il étoit encore bien plus irrité
qu'au lieu d'enfermer le prisonnier dans la
maison de détention de Dolgelly, trop
foible pour résister aux efforts qu'auroit
pu faire, pour le délivrer, une troupe de

III.                                    3

bons citoyens, on l'eût enfermé dans une
forteresse aussi insupportable que la tour
du Faucon, et dans un château où l'on
avoit mis pour garnison deux compagnies
de dragons. Cette dernière circonstance
étoit surtout aggravante. Le pouvoir militaire avoit usurpé les fonctions de l'autorité
civile, et cet attentat devoit éveiller les
inquiétudes constitutionnelles de quiconque vouloit maintenir la grande charte dans
toute son intégrité.

Il s'étoit donc rendu au château de Walladmor, et la sentinelle en faction à la
porte lui ayant demandé ce qui l'y amenoit, il avoit répondu qu'il falloit qu'il
parlât à sir Morgan. Mais il accom-
pagna cette demande de tant d'invectives
contre le digne baronnet, et débita un
tel jargon politique relativement au prisonnier, que la sentinelle refusa de le
laisser passer, et lui déclara que s'il

persistoit à avancer, elle feroit feu sur lui.
M. Dulberry se retira derrière un angle
des murs du château, qui le mettoit à l'a-
bri des balles, et commença une longue
déclamation sur la manière dont on con-
trevenoit au bill des droits de l'homme par
l'emploi de la force militaire pour dissiper
les attroupemens ; une transition subite
le conduisit au massacre de Manchester,
d'où il passa aux hussards de Londonderry,
aux dragonnades, et à d'autres sujets peu
propres à lui attirer la bienveillance de
l'auditoire qui l'écoutoit : car quelques soldats qui étoient près de la porte l'enten-
doient parfaitement ; d'autres furent attirés
par l'éloquence bruyante du réformateur ;
et quelques-uns, profitant de l'obscurité,
s'avancèrent de manière à lui couper la
retraite, et, tombant sur lui tout à coup,
l'entraînèrent sous la porte, afin de l'exa-
miner à la clarté des lanternes suspendues
sous la voûte.

M. Dulberry fit une résistance vigou-
reuse; son chapeau blanc tomba de sa tête
pendant la lutte, et un dragon l'envoya d'un
coup de pied au-dessus de la plate-forme
qui conduisoit au château, d'où il tomba
dans la mer. Quand il fut exposé à la clarté
des lanternes, sa physionomie offrit aux
soldats des traits qui leur étoient bien
connus. Toutes les fois qu'ils passoient par
Machynleth, ils le voyoient à une fenêtre
des armes de Walladmor, fulminant des
malédictions contre eux, leurs officiers et
leur profession. C'étoit bien lui qui, tout
récemment encore, avoit, du même endroit, excité le peuple à l'insurrection. La
pitié qu'inspiroit son âge ne leur permettoit pas de songer à en tirer une vengeance
bien sévère, mais comme ils avoient pris
le vieux patriote à l'instant où il débi-
toit de nouvelles injures contre eux, ils
ne voulurent pas être en reste de civilité
envers lui, et résolurent de s'en amuser un

instant avant de s'en séparer. Formant donc
un grand cercle devant le château, ils se
le firent passer de main en main, à peu
près comme les diables ballotent Psyché
dans la pantomime. Le bruit et les éclats
de rire firent sortir du château les domestiques et les dragons qui y restoient et qui
vouloient prendre leur part de cet amuse-
ment, tandis que Dulberry, poussant des
cris perçans, invoquoit inutilement la
grande charte et *l'habeas corpus*.

Le tumulte devint si grand que le vieux
concierge Maxwell mit enfin la tête à la
fenêtre d'une tourelle, pour en connoître
la cause. Il prit un porte-voix pour mieux
se faire entendre, et ayant obtenu un moment de silence, il demanda ce qui occa-
sionoit un tel bruit. M. Dulberry en profita sur-le-champ pour exposer ses griefs.
La perte de son chapeau blanc; le mouvement de circonvolution qui lui avoit été

imprimé comme à une toupie, mouvement
qui menaçoit de déranger le cours de ses
idées politiques; et par-dessus tout la viola-
tion de la grande charte en sa personne.
De ses griefs personnels, il passa à des
considérations d'ordre public, cita un statut du second Parlement du règne d'Éli-
sabeth en faveur de ceux qui professoient
la foi réformée, et qu'il prétendit appli-
cable aux réformateurs radicaux modernes
de Manchester et de toute la Grande-Bre-
tagne; et soutint que, d'après ce statut,
sir Morgan, comme oppresseur de tous
les patriotes des environs, avoit encouru
la peine de haute-trahison.

Chacun fut scandalisé d'entendre parler
ainsi de sir Morgan Walladmor à la porte de
son propre château. Tous les domestiques
du baronnet étoient alors réunis devant la
porte avec les dragons, et M. Dulberry,
voyant qu'on se préparoit à former un se-

cond cercle, plus vaste encore que le premier, pour le faire circuler de nouveau
comme une balle de bras en bras, résolut
pour cette fois de laisser à la grande charte
le soin de se défendre elle-même, et sai-
sissant un instant favorable il s'enfuit plus
vite qu'on n'auroit pu l'attendre de son
âge; et tous les domestiques, ainsi que tous
les dragons qui n'étoient pas en faction,
traversèrent précipitamment la cour en
poussant de grands cris, pour courir sur
une terrasse située à l'autre extrémité du
château, et devant laquelle le pauvre réformateur ne pouvoit se dispenser de passer, afin de se donner le plaisir de faire
pleuvoir sur lui une grêle de boules de neige.

Pendant que tout le château étoit occupé
de ce divertissement, un étranger, enve-
loppé d'un grand manteau, avoit profité
du moment de confusion générale pour
entrer dans le château sans être observé. Il

paroissoit en connoître parfaitement la dis-
tribution, car il se rendit directement dans
le cabinet de sir Morgan, qui y étoit seul
en ce moment. Le baronnet lisoit une lettre;
un léger bruit qu'il entendit à la porte lui
fit lever les yeux, et voyant un homme
debout entre deux grands portraits en pied
de deux de ses ancêtres, il auroit pu être
tenté de croire que c'étoit un de ses aïeux
qui sortoit du tombeau pour venir lui donner quelques avis.

L'étranger se retourna un instant pour
fermer la porte au double tour, et s'avança
ensuite vers sir Morgan sans entr'ouvrir le
manteau qui lui couvroit presque tout le
visage. Le baronnet fut surpris de voir cet
être mystérieux s'approcher ainsi de lui,
après avoir pris une telle précaution; mais
il ne conçut aucune alarme, resta assis sur
son fauteuil, et l'inconnu s'arrêtant à
quelques pas de la table, lui dit:

— Sir Morgan Walladmor, je viens vous informer que vous sanctionnez, sans le vouloir, la détention d'un innocent. Le prisonnier enfermé dans la tour du Faucon n'est pas l'individu que l'on suppose.

— Est-ce là votre seule raison pour vous présenter devant moi avec si peu de cérémonie ?

— Je n'en ai pas d'autre ?

— Attendez-donc que l'accusé soit traduit devant un jury pour être jugé, et alors allez rendre témoignage en sa faveur.

— Sir Morgan, je vous assure de nouveau que votre prisonnier n'est pas le capitaine Edouard Nicolas.

— Qui est-il donc?

— Il doit suffire qu'il ne soit pas le capitaine Nicolas.

— Et quel motif puis-je avoir pour vous croire ? Qui êtes-vous ? Quelles preuves, quelles garanties pouvez-vous me donner de la vérité de cette assertion ?

— Des preuves, des garanties, vous en voulez ? je vais vous en donner. Vous rappelez-vous l'époque où un grand bâtiment hollandais croisoit sur cette côte, et où l'on s'attendoit à en voir l'équipage débarquer pendant la nuit ?

— Je m'en souviens fort bien, car j'avois alors couvert la côte de braves gens sur qui je pouvois compter ; les troubles politiques de Chester et de Shrewsbury faisant qu'une pareille descente étoit doublement à craindre en ce moment. Je passai moi-même une couple de nuits à surveiller ce bâtiment.

— Je le sais ; et le 29 septembre vous étiez tapis derrière le pilier d'Arthur. Vers minuit, un homme portant l'uniforme de

marine, vint vous joindre, et vous vous
rappelez peut-être la conversation que vous
eûtes avec lui ?

Si sir Morgan Walladmor eût été habitué à trembler, il auroit certainement trem-
blé en ce moment ; mais il resta en silence les
bras étendus et les yeux fixés sur l'étranger,
qui continua ainsi qu'il suit :

— L'entretien dura jusqu'au coucher de
la lune, et alors, quand la besogne fut
faite, sir Morgan, on tira un coup de feu ;
le marin se leva en un clin-d'œil, et vous
dit, comme je le fais à présent : - Adieu,
sir Morgan Walladmor !

A ces mots, l'étranger se dégagea de
son manteau, laissa voir l'uniforme dont
il venoit de parler, sur lequel étoit une
ceinture à laquelle étoient attachés un poi-
gnard et deux pistolets, et ôta en même
temps son chapeau pour mettre sa tête entièrement à découvert.

— C'est le capitaine Nicolas! s'écria le baronnet.

— A votre service, sir Morgan Walladmor. Croyez-vous à présent que votre prisonnier soit innocent?

Sir Morgan le menaça de le faire arrêter; mais le capitaine Nicolas le convainquit qu'il avoit bien pris ses mesures, et qu'il ne seroit pas facile de le retenir. — Je suis maître de la porte, dit-il, et tous vos gens sont en ce moment trop occupés de M. Dulberry pour vous entendre si vous les appeliez. Il ajouta ensuite d'une voix plus basse et plus solennelle : — Je respecte les cheveux gris, et il n'existe personne à qui je désire plus de bonheur qu'à vous, quoique, Dieu le sait! vous m'ayez causé, dans ma jeunesse, plus d'un accès de fièvre.

Il s'enveloppa de son manteau, leva encore les yeux sur le vieillard, et d'un air qui, tout en semblant le braver, annonçoit un chagrin auquel il étoit impossible de se méprendre, lui dit en se retirant :

— Adieu, sir Morgan Walladmor ; je vous offrirois volontiers la main, mais cet acte d'amitié ne peut avoir lieu dans ce monde : un Walladmor ne donne pas la main à un proscrit.

Sir Morgan resta confondu. Il suivit des yeux l'intrépide Nicolas, qui se retira d'un pas tranquille, ouvrit la porte et disparut. Le baronnet comptoit encore les pas du proscrit qui descendoit le grand escalier, et le dernier écho en avoit frappé ses oreilles, avant qu'il eût pu prendre un parti sur ce qu'il avoit à faire.

# CHAPITRE III.

« Cœur de tigre, caché sous la peau d'une femme ,
As-tu donc massacré ces malheureux enfans ?
Voulois-tu de leur sang abreuver leurs parens ?
D'une femme, il est vrai, tu portes la figure ,
Mais la femme a reçu des mains de la nature
Un cœur compatissant, la douceur, la bonté ,
Et l'on ne trouve en toi que rage et cruauté. »

SHAKSPEARE.

BERTRAM fut remis sur-le-champ en liberté. Il étoit très-vrai d'ailleurs que sir Morgan, malgré la foule de présomptions qui sembloient établir l'identité de son prisonnier avec le capitaine Nicolas, n'en avoit jamais été parfaitement convaincu.

Bertram lui paroissoit plus jeune; il sembloit avoir une constitution plus délicate, ou du moins avoir été élevé moins durement, ce qui lui donnoit un air de plus grande jeunesse; sa voix avoit un son différent, et, quoique le baronnet n'eût pu se rappeler précisément l'accent de celle du capitaine, il le reconnut parfaitement à l'instant où, écartant son manteau, il lui avoit dit : — Adieu, sir Morgan Walladmor! L'air de douceur, de candeur et d'amabilité qu'il avoit remarqué en Bertram dès le premier moment que le baronnet l'avoit vu, lui avoit inspiré un vif intérêt pour ce jeune homme, et cet intérêt s'accrut encore, quand il crut apercevoir dans ses traits et dans sa physionomie une forte ressemblance avec les portraits de deux de ses ancêtres, qui étoient dans sa galerie de tableaux. Ce fut donc tant pour céder au sentiment involontaire qui l'entraînoit vers lui, que pour lui exprimer le regret que lui inspi-

roit la détention qu'il avoit injustement
subie, que le bon vieillard l'invita, de la
manière la plus pressante, à passer quelque
temps au château de Walladmor ; et cette
invitation ne paroissant pas être simple-
ment une froide formule de politesse, Bertram, qui désiroit connoître le ton de la
société anglaise, ne balança pas à l'accepter.

Le ministre de la paroisse qui avoit été
envoyé à Bertram dans la tour du Faucon
pour l'inviter à se repentir des crimes qu'il
n'avoit pas commis, et à en faire l'aveu,
afin de mériter l'indulgence du ciel, s'il ne
pouvoit obtenir celle de la vengeance humaine, ne put se vanter d'avoir parfaitement réussi dans sa mission spirituelle ;
car Bertram avoit persisté à lui déclarer
qu'il n'étoit pas le capitaine Nicolas, qu'il
n'avoit commis aucun crime dont il eût à
faire l'aveu, et que, s'il avoit quelques fautes

à se reprocher, elles n'étoient pas de nature
à attirer sur lui l'animadversion des lois.
Son air de candeur et de sincérité avoit
presque persuadé le révérend M. Williams,
et, quand il apprit que son innocence venoit d'être reconnue, il s'empressa d'ac-
courir au château pour lui témoigner tout
le plaisir que lui faisoit cette heureuse découverte. Le bon ministre n'étoit plus
jeune; comme la plupart des vieillards, il
aimoit à jaser et à raconter les histoires du
temps passé, et Bertram tira bon parti de
cette disposition pour se faire expliquer
bien des choses qui, depuis quelques jours,
avoient excité sa curiosité. Ce fut par ce
moyen qu'il apprit les détails suivans sur
Gillie Godber, sa vieille hôtesse de l'île
d'Anglesea.

Vingt-quatre ans auparavant, son fils
aîné, qui en avoit alors dix-sept, s'étoit
associé avec des contrebandiers, pour faire
3*

entrer dans l'intérieur quelques marchandises prohibées. Des officiers des douanes s'étoient présentés pour les saisir ; une escarmouche s'en étoit suivie, et deux d'entre eux avoient été tués. Personne n'accusoit le jeune Godber d'avoir commis ce crime, ni même d'avoir aidé à le commettre ; mais il faisoit partie du rassemblement qui s'en étoit rendu coupable ; il y avoit été présent, et par conséquent il en étoit complice aux yeux de la loi. Il fut le seul qu'on pût arrêter ; il fut mis en jugement, déclaré coupable et condamné à mort. Malheureusement la contrebande, à cette époque, se faisoit si souvent à force ouverte sur les côtes du pays de Galles, et la hardiesse de ceux qui faisoient ce métier illicite étoit portée à un tel point, qu'on jugea nécessaire de faire un exemple. Le cas fut porté devant le conseil privé : l'opinion de sir Morgan Walladmor, comme lord lieutenant des deux comtés principalement in-

festés par les contrebandiers, devoit avoir
un grand poids, et elle ne fut pas favorable
au jeune condamné.

— Cependant, ajouta M. Williams, quelques années après, et lorsque sir Morgan
eut appris à envisager sous un autre point
de vue quelques parties de cette malheureuse affaire, je l'ai entendu bien des fois
protester vivement qu'en donnant son opinion au conseil privé, il n'avoit fait que
rendre compte de celle qui régnoit uni-
versellement parmi tous les magistrats des
comtés maritimes du nord du pays de
Galles ; et je sais, monsieur Bertram, que
c'est une vérité incontestable. Mais peu de
gens parmi le peuple en étoient instruits,
de sorte que ce fut sur sir Morgan que retomba tout l'odieux de la mort de Grégoire
Godber. Peut-être même ne fût-ce pas
tout-à-fait injustement ; car, quoiqu'il ne
fût pas le seul qui partageât l'opinion qui

décida du sort de ce pauvre jeune homme;
on croit généralement que sa voix seule, élevée en sa faveur, auroit emporté la balance,
fait taire toute opposition, et obtenu pour
le coupable un acte de merci de la couronne. Du moins la mère de Grégoire le
pensoit ainsi, et elle accabla sir Morgan
de sollicitations le matin, à midi et le soir.

Grégoire étoit son fils favori, car elle
avoit perdu tous ses autres enfans à l'exception de Thomas qui, à cette époque,
venoit à peine de quitter le berceau. Lorsque le jour de l'exécution approcha, elle
sembloit avoir perdu la raison; et ses prières
paroissoient celles d'une âme à l'agonie. Elle
se jeta aux pieds de sir Morgan, pleurant,
suppliant, s'arrachant les cheveux, sans
pouvoir rien obtenir. Se relevant alors,
elle repoussa tous les domestiques, monta
dans le grand escalier, et alla chercher lady
Walladmor dans son appartement. Lady

Walladmor gardoit la chambre par suite
d'une indisposition, mais elle avoit le meilleur cœur du monde, et il ne fut pas difficile de la décider à descendre pour joindre
son intercession aux prières d'une mère
désespérée.

Elles allèrent trouver sir Morgan, se
jetèrent toutes deux à ses pieds, implorè-
rent sa pitié de la manière la plus touchante, mais tout fut inutile. J'ai entendu
sir Morgan dire que son cœur lui repro-
choit en ce moment une dureté qu'il croyoit
nécessaire; qu'en voyant se retirer cette
femme livrée au plus violent désespoir, il
avoit conçu de funestes pressentimens, et
craint qu'il ne lui arrivât quelque grand
malheur pour avoir résisté à des supplications faites avec tant d'énergie. Mais ce qu'il
croyoit devoir à son pays et se devoir à
lui-même le détermina à persister, et il
leur dit que, d'après ce qui s'étoit passé

dans le conseil, il lui étoit impossible de
présenter une demande en faveur de Grégoire, puisqu'il ne pouvoit la motiver sur
aucune nouvelle circonstance. Ce discours
n'étoit pas très-prudent, car il confirma la
mère dans la croyance où elle étoit déjà,
que c'étoient les représentations de sir
Morgan qui avoient déterminé le conseil à
ne pas adoucir la sévérité de la sentence
rendue contre son fils.

Vous avez lu Virgile, monsieur Bertram, et par conséquent vous connoissez le
bel épisode de Mézence, qui, soit dit en
passant, et avec la permission des criti-
ques, me paroît plus admirable que la
description du bouclier d'Enée, et même
que tout ce qu'on juge le plus beau dans
le sixième livre. Il s'y trouve deux hémis-
tiches peignant la situation de Mézence au
moment où il montoit à cheval pour venger la mort de son fils, qui, comme vous

vous en souvenez, avoit succombé victime
de sa piété filiale :

« *Mixtoque insania luctu ,*
*Et furiis agitatus amor.* »

— Je me les rappelle parfaitement, dit
Bertram, et Virgile a affoibli l'effet de ce
tableau en se servant ensuite des mêmes expressions pour peindre une passion d'un
genre moins touchant (1).

— C'est la vérité. Mais, pour en revenir
à mistress Godber, ces beaux vers du prince
des poètes romains peuvent donner une
idée de la situation de son esprit : c'étoit
véritablement celle de Mézence, la frénésie
mêlée au chagrin, et la tendresse de l'a-
mour maternel, de cet amour qui est pris
dans l'Ecriture comme l'image parfaite de
celui qui existe dans la nature divine, terni

_____

(1) *Énéide*, livre xii, vers 667.

et éclipsé par des passions terrestres, et je
pourrois dire infernales. A compter de
cette soirée, son esprit subit un change-
ment total. Quand on passoit près d'elle,
on l'entendoit murmurer indistinctement;
on la voyoit serrer les poings, lever les
bras en l'air, les agiter en regardant le
ciel comme si elle y eût aperçu quelque
signe. Souvent elle se tenoit enfermée dans
sa chaumière, ne vouloit voir personne,
et restoit livrée à ses réflexions.

— Et comment se conduisit son fils
après sa condamnation.

— Admirablement, Monsieur. J'en puis
parler sciemment, car ce fut moi qui lui
donnai les consolations de la religion. Le
soir qui précéda son exécution, tandis
qu'il embrassoit tendrement sa mère en lui
faisant ses adieux, il lui saisit la main et la
conjura de renoncer à toutes idées de ven-

geance. Sur l'échafaud, à l'instant où on lui
abaissoit le bonnet sur le visage, les derniers mots qu'il m'adressa furent : — Dieu
vous protége, Monsieur, et souvenez-
vous.... Il n'eut pas le temps d'en dire davantage, mais je savois qu'il vouloit me rappeler la seule prière qu'il m'avoit faite, celle
d'aller voir sa mère, de tâcher de lui inspirer de la résignation, et de la déterminer
à le laisser dormir dans l'oubli du tombeau,
sans réveiller le souvenir de sa malheureuse
fin par des actions qui ne seroient pour
elle qu'un poids insupportable sur sa conscience.

Quelque jeune qu'il fût, monsieur Bertram, telles étoient les pensées qui l'oc-
cupoient au milieu de l'amertune de la
mort, pensées bien élevées pour un si jeune
homme. Mais celle qui l'affligeoit le plus,
étoit de songer qu'il pouvoit avoir détruit
la paix d'esprit de celle qu'il aimoit plus

III.                                    4

que tout au monde. Sir Morgan fit d'amères
réflexions, quand il apprit le détail des
derniers instans de Grégoire Godber, et
elles le devinrent bien davantage quand
deux autres contrebandiers, qui furent ar-
rêtés et condamnés ensuite pour la même
affaire, le justifièrent complètement de
toute complicité, déclarèrent qu'il ne
se trouvoit avec eux que par accident,
et qu'il n'avoit pris aucune part à l'attaque
contre les douaniers, lorsque deux de
ceux-ci avoient été tués. Dans le fait ils ne
le considéroient que comme un enfant, ne
lui confioient pas leurs projets, et ne l'em-
ployoient de temps en temps que pour
transporter leurs marchandises. Encore ne
le faisoient-ils que par amour pour sa mère,
qui venoit de perdre son mari, qui étoit fort
pauvre, et à qui il procuroit ainsi quelques
secours. C'étoit précisément ce qui enfon-
çoit le trait plus avant dans le cœur de
cette pauvre mère; car elle savoit que c'é-

toit pour elle qu'il avoit agi ainsi, et que si
elle n'avoit donné une sanction au moins
indirecte à sa conduite, en en recevant
les profits, il n'auroit jamais formé de
liaison avec les contrebandiers. Il se trouva
des gens assez durs pour en faire un reproche à cette pauvre créature ; son cœur
déja ulcéré ne put supporter cette nouvelle blessure, son esprit s'égara, et il ne
lui resta plus que des éclairs momentanés
de raison.

— Et vous allâtes sans doute la voir,
monsieur Williams ?

— Je la vis plusieurs fois dans les
premiers temps, et j'avoue qu'elle parut
toujours disposée à me recevoir avec
plaisir, en considération de ce que j'avois
fait et de ce que j'avois tenté de faire pour
son fils. Mais je vous avouerai, monsieur
Bertram, que le spectacle d'une créature
humaine dont l'esprit étoit autrefois forte-

ment trempé, et dont l'excès du malheur
a égaré la raison, est bien difficile à supporter. Quand je vis tout sentiment mo-
ral céder en elle à une méchanceté diabolique, quand je m'aperçus que ses intervalles lucides n'étoient remplis que par
des désirs et des projets de vengeance infernale ; quand j'eus reconnu que mes avis ,
mes exhortations, mes prières, ne pouvoient
ni la rappeler à la raison, ni lui inspirer de
meilleurs sentimens, je cessai de la voir.
Mais depuis qu'elle a commis le crime
énorme que lui inspira l'esprit de vengeance, je ne me suis jamais approché
d'elle volontairement, quoique je la ren-
contre quelquefois sur les routes, et que
je ne refuse pas de lui répondre quand elle
m'adresse la parole.

— De quel crime parlez-vous, monsieur
Williams ? Et comment se fait-il, si elle
a commis un crime qui doive inspirer

tant d'horreur, qu'on l'ait laissée en liberté?

— C'est que le crime dont je vous parle n'a pas été prouvé dans une cour de justice, et qu'il seroit peut-être impossible d'en rapporter la preuve. Mais personne n'a jamais douté qu'on ne dût l'attribuer à Gillie Godber, quoique, pour le commettre, elle eût été obligée d'employer une main intermédiaire. Je vais vous conter cette histoire.

Environ trois mois après l'exécution du malheureux Grégoire Godber, et quand la fermentation qu'avoit occasionée cette affaire commençoit à se calmer dans tous les esprits, si l'on en excepte celui de sa mère et celui de sir Morgan, lady Walladmor accoucha de deux jumeaux. Quelques semaines auparavant, comme elle faisoit une promenade à cheval, quelqu'un lui parla fortement en faveur d'une jeune

fille qui s'étoit présentée à elle pour servir
de berceuse; on la lui représenta comme
ayant été récemment abandonnée par un
homme qui lui avoit fait une promesse de
mariage; on rapporta cette circonstance
de manière à rendre cette jeune personne
particulièrement intéressante, et l'on parla
d'elle en termes qui ne pouvoient manquer d'émouvoir un cœur aussi bon que
celui de lady Walladmor. Ce témoignage
si flatteur n'étoit pourtant qu'un tissu de
faussetés, comme on l'apprit quand il étoit
trop tard : mais qui l'avoit rendu? c'est ce
qu'on n'a jamais pu savoir; la mort ayant
enlevé trop promptement la seule personne
qui auroit pu éclaircir ce mystère.

On ne savoit pas alors que cette jeune
fille étoit nièce de Gillie Godber; ou, si
quelqu'un le savoit au château, il regarda
cette circonstance comme peu importante.
Peut-être ne l'étoit-elle pas en elle-même;

mais cette fille avoit passé chez sa tante les
sept dernières années de sa vie; elle étoit
entièrement tombée sous son influence, et
elle partageoit tous les sentimens que l'exécution de son cousin avoit inspirés à la
malheureuse mère. Agissant sans doute
d'après ses conseils, et probablement con-
firmée dans ses projets par le moyen qui
s'offrit soudainement de s'approprier une
somme d'argent considérable, cette femme
devint l'instrument de la vengeance bar-
bare de sa tante; vengeance qui détruisit
la paix d'une ancienne maison par une
blessure que le temps ne peut guérir, et
qui fit évanouir en un instant toute perspective de bonheur.

Ce fut ainsi, monsieur Bertram, que
Gillie Godber perdit tous ses droits à la
compassion du public. Tous les cœurs devinrent d'airain pour elle; même ceux des
gens que l'obscurité de leur rang et les

préjugés d'une classe inférieure portoient
à juger sir Morgan peu charitablement.
Gillie Godber pouvoit avoir droit de l'accuser de dureté et d'injustice à son égard;
ce reproche pouvoit être mérité quant au
fait, quoiqu'il n'eût pas été coupable d'intention, puisqu'il avoit obéi à la voix de sa
conscience, et fait, en dépit de son propre
cœur, ce qu'il regardoit comme un devoir.
Mais que lui avoit fait lady Walladmor,
la bonne et compatissante lady Walladmor, qui avoit pleuré avec elle, qui avoit
prié pour elle, qui s'étoit jetée avec elle
aux genoux de son mari pour obtenir son
intercession en faveur du condamné? Gillie
Godber, dont le cœur maternel saignoit
d'une si cruelle blessure, oublier que sa
bienfaitrice avoit aussi le cœur d'une
mère! Elle qui pleuroit la perte d'un fils,
arracher au sein d'une mère deux enfans
au berceau, et les vouer à une vie mille fois
plus affreuse que la mort, au milieu de

brigands, de pirates et d'assassins ! voilà ce qui effaça de tous les cœurs le souvenir de ses propres malheurs, et éteignit toute pitié pour ses souffrances.

Il y aura l'été prochain vingt-quatre ans que ce déplorable événement est arrivé, monsieur Bertram, et cependant l'orage d'affliction qui éclata en une nuit sur cette ancienne maison est en lui-même, dans son origine, dans sa nature irréparable, une preuve si mémorable du néant de la félicité humaine, un monument si terrible du pouvoir que possède pour faire le mal la plus vile des créatures, quand elle est entraînée par ses passions, et que le frein de la conscience ne l'arrête plus, que l'impression que fit alors cette calamité est encore aussi vive en ce moment que si elle fût arrivée hier, et je crois qu'aucun laps de temps ne pourra l'affoiblir. La leçon morale que j'y ai puisée, et que je crois que

sir Morgan a fini par y trouver aussi, c'est
que les affections humaines, l'amour et le
chagrin, portés à l'excès, sont des choses sa-
crées. Oui, même dans cette misérable
femme, le chagrin étoit sacré, et ne
pouvoit être méprisé et repoussé, sans
qu'on s'exposât à la vengeance du ciel.

Ici M. Williams s'arrêta : mais cette nar-
ration inspiroit tant d'intérêt à Bertram,
tant par elle-même, que parce que le hasard l'avoit mis en rapport tout récemment
avec les deux principaux personnages
qu'elle concernoit, qu'il le pria vivement de
continuer ce récit; et, après quelques momens de réflexion, le ministre reprit la parole ainsi qu'il suit :

— L'événement terrible auquel j'ai fait
allusion eut lieu le 12 juin, il y a eu
vingt-trois ans l'été dernier. Vers sept
heures du soir, éprouvant un état de lan-
gueur et d'accablement, lady Walladmor

s'étoit jetée sur un sopha dans une chambre
de l'appartement de ses enfans. Il n'y avoit
que quinze jours qu'elle étoit accouchée;
son accouchement avoit été laborieux, et
elle ne recouvroit ses forces que bien lentement. Les femmes qui étoient à son service passoient la plupart des nuits à veiller
leur maîtresse; et, lorsqu'elles se cou-
choient, leur repos étoit souvent interrompu. Elles étoient donc extrêmement
fatiguées, mais les pauvres créatures étoient
loin de s'en plaindre; elles auroient marché
sur des charbons ardens pour leur maîtresse, et il n'y avoit pas un être dans le
château qui n'en eût fait autant, à l'exception d'une seule personne, èt malheureusement c'étoit elle qui étoit alors près de
lady Walladmor. Cette bonne dame, qui
étoit l'humanité même, un ange sur la terre,
comme miss Walladmor l'est aujourd'hui,
avoit renvoyé sa femme de chambre et les
deux nourrices pour qu'elles prissent quel-

ques instans de repos, et qu'elles se trouvassent plus en état de supporter les fatigues
de la nuit ; la seconde berceuse étoit occupée d'un blanchissage ; et ce fut ainsi que
le soin de veiller sur les deux enfans, qui
étoient dans la chambre voisine, fut confié à ce misérable serpent Winifred Grif-
ffiths.

— Winifred Griffiths ! répéta Bertram
avec un air de surprise.

— Oui, Winifred Griffiths. Avez-vous
jamais connu une femme qui portât ce
nom ? demanda le ministre en le regardant
fixement.

— Je ne le crois pas, répondit Bertram,
mais je me souviens d'avoir lu dans ma jeunesse plusieurs livres sur le titre desquels
ce nom étoit écrit à la main. J'en ai même
un à Machynleth que je vous montrerai
demain. En attendant, faites-moi le plaisir

d'achever un récit auquel je prends beaucoup d'intérêt.

M. Williams réfléchit un instant, et
continua ainsi qu'il suit :

— Griffiths, nom qu'on lui donnoit toujours au château, pour la distinguer d'une
autre servante qui se nommoit aussi Winifred, ressembloit beaucoup à sa tante par
sa figure et ses manières, mais elle avoit
plus de grâces, de beauté, et même de
fierté. Bien des gens étoient surpris qu'elle
pût plaire à lady Walladmor ; mais elle
avoit une intelligence d'un ordre supé-
rieur, elle étoit rusée comme l'esprit malin,
et elle savoit masquer ses projets infernaux
devant lady Walladmor, sous un voile de
douceur insinuante beaucoup trop épais
pour que les yeux de cette bonne dame
pussent le pénétrer. Elle avoit d'ailleurs
quelques talens qu'elle avoit acquis dans

une famille de distinction d'Irlande, où sa mère étoit femme de charge, et où elle étoit née, entre autres celui de lire, qu'elle possédoit dans une grande perfection. Cette qualité et des manières plus distinguées qu'on n'auroit pu s'attendre à en trouver dans une servante étoient sa principale recommandation auprès de lady Walladmor. En renvoyant les autres femmes, elle avoit dit à Griffiths de rester dans la chambre voisine, où étoient les enfans, ayant dessein, si elle ne pouvoit dormir, d'y passer elle-même, et de se faire faire une lecture. Cependant sentant le besoin de prendre quelque repos, et espérant qu'elle pourroit en goûter, elle avoit donné ordre que personne n'entrât dans cet appartement avant qu'elle ou Griffiths eût sonné.

Malheureuse mère, qui, sans le savoir, facilitoit ainsi l'exécution des projets diaboliques d'une misérable dont le cœur tressailloit déjà d'une joie infernale, dans l'espoir de pouvoir les accomplir! Malheureux enfans, qui, ce même soir, devoient être arrachés du port tranquille de la maison paternelle, pour être lancés sur les vagues orageuses d'un monde corrompu, et ne plus revoir sur la terre leur mère angélique!

Lady Walladmor s'endormit; et, lorsqu'elle s'éveilla, elle se trouva dans les ténèbres; la soirée étoit déjà avancée, car il étoit dix heures. Elle sonna sur-le-champ, et la femme de charge, qui passoit par hasard devant la porte, entra dans l'appartement.

— Est-ce vous, mistress Howel? dit lady Walladmor, envoyez-moi des lumières, et dites à lady Charlotte qu'elle peut monter, si elle n'est pas encore couchée.

Lady Charlotte Vaughan, alors âgée

de sept ans, étoit fille du comte de Kilgarran, qui avoit épousé une sœur de lady
Walladmor, et étoit venue passer l'été chez
sa tante. Ravie de recevoir la permission
d'aller lui souhaiter le bonsoir, l'enfant n'attendit pas les lumières, et, tandis qu'elle
embrassoit sa tante, celle-ci lui demanda
en riant ce qu'on diroit à Kilgarran, si l'on
savoit qu'elle se couchât si tard.

— Il n'est pas bien tard, répondit l'enfant; mes petits cousins ne sont pas encore
couchés, et comme je suis plus grande, je
puis bien me coucher après eux.

— Vos petits cousins, ma chère amie,
dorment le jour comme la nuit; d'ailleurs
il y a déjà plusieurs heures qu'ils sont couchés.

— Oh, non, ma tante; ils sont à se promener dans le parc avec Griffiths.

Lady Walladmor crut que sa petite

nièce avoit fait un rêve; elle lui fit de nouvelles questions, mais lady Charlotte per-
sista dans ce qu'elle avoit déjà dit, et sa
tante, concevant enfin quelques inquiétudes, résolut d'éclaircir ses doutes en
entrant dans la chambre de ses enfans. Les
volets en étoient fermés, et il y régnoit autant d'obscurité que de silence; elle appela
Griffiths, n'en reçut aucune réponse, et
cherchant à tâtons les berceaux de ses enfans, elle les trouva vides et froids. On
peut juger de ce qu'elle éprouva; elle
poussa un grand cri, et tomba sans connoissance sur le plancher.

Lady Charlotte effrayée descendit précipitamment pour donner l'alarme. Elle
rencontra sur l'escalier la femme de chambre, qui apportoit des lumières, et qui, lui
ayant dit d'aller appeler les autres femmes
de lady Walladmor, se hâta de courir au
secours de sa maîtresse. Elle n'eut pas be-

soin de lui faire de questions ; la vue des
deux berceaux vides la mit au fait sur-le-
champ , et de moment en moment de nouveaux détails confirmèrent les craintes, ou
pour mieux dire prouvèrent la certitude du
fatal événement.

Précisément en ce moment, sir Morgan arriva de Dolgelly , où il avoit été
pour assister à une assemblée générale du
comté , et alors le complot infernal et les
motifs qui l'avoient fait tramer se dévelop-
pèrent avec la rapidité d'une traînée dont
le premier grain est à peine enflammé
qu'on entend l'explosion de la mine. Lady
Charlotte avoit rencontré Winifred Griffiths dans un passage couvert qui conduisoit de la partie du château dans laquelle
étoient les appartemens de lady Walladmor dans une orangerie qui donnoit sur le
parc, et qui y communiquoit par une porte
dont la clef restoit toujours dans la chambre

où cette pauvre mère s'étoit endormie. Griffiths n'avoit point parlé à lady Charlotte, mais, lorsqu'elle passoit près d'elle, un des enfans s'étant mis à crier, elle chercha à étouffer ses cris en le serrant de plus près dans une grande mante dont elle étoit couverte, et un mouvement subit qu'elle fit avec le bras droit, pour accomplir ce dessein, fit voir distinctement à l'enfant ses deux petits cousins.

A un coin du parc, dans un endroit qu'on ne pouvoit apercevoir du château, il se trouvoit une route peu fréquentée qui conduisoit à la mer : un bûcheron y avoit vu passer vers huit heures du soir une femme dont il décrivit les vêtemens, qui étoient bien ceux que portoit Griffiths. Dix minutes plus tard, un pêcheur l'avoit aperçue près du bord de la mer, accompagnée d'une autre femme, et marchant fort vite. Enfin ; dans ce moment de confusion gé-

nérale, quelqu'uu s'écria que Winifred
Griffiths étoit nièce de Gillie Godber. Sir
Morgan lui-même, en revenant de Dolgelly, avoit vu un bâtiment contrebandier
s'éloignant des côtes à toutes voiles, et l'on
savoit que l'amant de Griffiths faisoit partie
de l'équipage. Or on ne pouvoit douter
que ces gens sans foi et sans loi ne fussent
disposés à entrer avec joie dans tout projet
de vengeance contre sir Morgan Walladmor. En un mot, en moins de temps qu'il
ne m'en a fallu pour vous faire la relation
de cet événement, tous les détails de ce
complot infernal, les motifs qui l'avoient
inspiré, les moyens qu'on avoit employés
pour l'exécuter, le succès dont il paroissoit
devoir être suivi, devinrent évidens pour
tous ceux qui se trouvoient dans le château.

Les momens où la crainte et l'espérance se combattent violemment sont

ceux qui sont les plus difficiles à supporter,
et qui accablent plus aisément les esprits
les plus courageux. L'exemple de sir Morgan prouva cette vérité. Il lui restoit encore une chance, celle que le bâtiment
contrebandier fût arrêté dans sa course :
mais combien de chances contraires ce navire n'avoit-il pas en sa faveur ! Ce fut sans
doute pour cette raison que, pour la première fois depuis que je connoissois sir
Morgan, je le vis manquer de présence
d'esprit et de pouvoir sur lui-même. Ce
fut alors que Gillie Godber fut vengée. Sa
malédiction avoit produit son effet dans le
lieu même où elle l'avoit prononcée, dans
le vestibule qui avoit répété les cris de son
angoisse maternelle, qui avoit retenti de
ses supplications inutiles. Sir Morgan se
trouvoit alors à l'endroit même où elle
s'étoit trouvée la dernière fois qu'elle
étoit venue l'implorer en faveur de son
fils. Il éprouvoit les convulsions de dés-

espoir auxquelles elle avoit été livrée. Il
sembloit perdre la raison comme elle l'a-
voit perdue. A la lumière de la même
lampe qui avoit éclairé l'agonie de cette
malheureuse mère lorsqu'elle avoit essuyé
le refus qui scelloit le destin de son fils,
je vis sur les traits de sir Morgan le rap-
prochement qu'il faisoit de toutes ces circonstances, et la conviction où il étoit
qu'un seul instant lui avoit ravi tout le
bonheur et toutes les consolations de sa
vie, pour le condamner à ne plus entendre que les reproches que lui adressoit
sa conscience.

Que falloit-il faire? Chacun attendoit des ordres avec impatience; chacun
ne respiroit que colère et vengeance; mais
quel parti prendre? Un vieux marin proposa de mettre en mer la pinasse et la
barge de sir Morgan, d'y joindre tous les
bateaux pêcheurs qu'on pourroit rassem-

bler, de poursuivre le bâtiment contrebandier, et de l'attaquer à l'abordage ;
mais ce navire étoit trop fort et avoit un
équipage trop nombreux, pour qu'une pareille tentative pût offrir la moindre chance
de réussite.

On savoit que plusieurs bâtimens de
la marine royale croisoient sur les côtes,
ou étoient dans différens ports, entre Barmouth et Parkgate, et que le plus voisin
étoit un sloop, nommé *le Faucon*, qui devoit être à l'ancre à la hauteur d'Aber,
entre Bangor et Conway : on envoya divers
exprès de ce côté, et d'autres reçurent ordre
d'aller à Parkgate et à Liverpool. Un pi-
queur favori de sir Morgan monta sur un
des meilleurs chevaux de l'écurie, et ne
mit que deux heures un quart pour arriver
à Bangor-Ferry. Entre Beddgelart et Carnarvon, il avoit appris que le sloop étoit à
l'ancre à la hauteur de Beaumaris ; il quitta

donc la route de Bangor, prit une barque
avec six bons rameurs, et se rendit à Beaumaris. Vous pouvez juger de la rapidité qu'il
mit dans tous ses mouvemens, quand je
vous aurai dit qu'il étoit dix heures et demie
quand il étoit parti du château, et que
trois heures après, du haut de la montagne
située du côté du nord, et qu'on appelle
Arthur's-Seat, nous entendîmes le bruit
d'un coup de canon dans la direction de
Carnarvon, signal qui devoit nous apprendre que *le Faucon* avoit mis à la voile.
Il traversoit alors le détroit de Menai.
Vingt minutes après un second coup se
fit entendre, et les échos des montagnes
qui le répétèrent nous annoncèrent que
le sloop avoit passé Carnarvon. A deux
heures et demie nous vîmes l'éclair qui
précéda un troisième coup, ce qui prouvoit qu'il avoit doublé la pointe de Lando-
very. L'aurore commençant à paroître,
nous ne tardâmes pas à le voir distincte-

ment ; il portoit toutes ses voiles, et quelques minutes après nous découvrîmes le contrebandier au large, à environ trois milles sous le vent *du Faucon*.

Le même vent qui avoit aidé *le Faucon* à traverser si rapidement le Menai avoit nui aux efforts que faisoit le contrebandier pour s'avancer vers le nord, car il étoit évident que telle étoit son intention, et il continuoit à s'avancer dans cette direction. Nous nous attendions à le voir forcé de faire voiles pour éviter *le Faucon* dès qu'il l'apercevroit; mais, à notre grande surprise, il n'y fit aucune attention, et continua à manœuvrer tranquillement pour doubler l'île d'Anglesea.

Le sloop, voyant son dessein, tira un coup à boulet pour lui ordonner d'amener. Le contrebandier n'y eut aucun égard, et nous commençâmes à craindre

III.                                    5

qu'il n'y eût quelque méprise. Le jour qui
augmentoit nous permettant alors de nous
servir de nos télescopes, nous reconnûmes
qu'il n'étoit que trop certain que nous nous
étions trompés sur la force de ce bâtiment.
Il étoit peint de manière à ressembler à *la
Vipère*, bâtiment de contrebande bien
connu sur nos côtes, et pour lequel sir
Morgan l'avoit pris la soirée précédente ;
mais nous soupçonnâmes alors que c'étoit *le
Serpent*, bâtiment beaucoup plus fort,
monté par des pirates qui faisoient en
même temps la contrebande, et qui voguoit
de conserve avec *la Vipère*. L'événement
prouva que nous ne nous étions pas trompés. L'officier qui commandoit *le Faucon*
reconnut sans doute la méprise avant nous ;
mais, soit pour soutenir l'honneur de son
pavillon, soit par suite de l'indignation
que lui inspiroit le crime qui venoit de se
commettre, il résolut de l'attaquer, quoique avec une force inférieure. Le vent avoit

diminué sensiblement, mais le sloop continuoit à s'approcher du pirate.

A trois heures, *le Faucon* n'en étoit qu'à portée de mousquet. *Le Serpent* arbora alors son pavillon, pavillon noir à bandes diagonales couleur de sang, pavillon bien connu d'un corsaire dont le repaire étoit situé depuis plusieurs années dans les Gallapagos, d'où il infestoit toutes les mers du Sud. Pas un coup de feu n'avoit encore été tiré de part ni d'autre, et à l'instant où le combat alloit s'engager, nous distinguâmes Griffiths traversant le tillac pour descendre dans la cabane. Quel cruel moment d'incertitude pour nous! Pourquoi un bras n'est-il pas descendu du ciel pour défendre la cause de la justice? Pourquoi un ange n'a-t-il pas du moins étendu un rideau pour cacher aux opprimés le triomphe des oppresseurs?

La lumière du jour se répandant sur

nos mers tranquilles, et sur les vallées pai-
sibles du comté de Mérioneth, n'éclairera
jamais une scène de crimes et de malheurs
semblable à celle dont je fus témoin dans
cette belle matinée d'été. Devant moi, sur
la surface de l'Océan, je voyois l'œuvre du
carnage et j'entendois les éclats du tonnerre. A ma droite, un malheureux père,
les bras étendus, l'image du désespoir,
prioit le ciel de lui rendre ses enfans, ou,
s'il ne devoit plus les revoir, de permettre
du moins qu'un boulet compatissant leur
épargnât les maux qui les attendoient. A
gauche, sur une autre montagne couverte
de pins, j'apercevois la malheureuse mais
coupable Gillie Godber, qui sembloit jouir
de la détresse de sir Morgan, et se livrer
à une joie sauvage en contemplant le spectacle de destruction qui étoit son ouvrage.

Mais pourquoi appuyer sur ces affreux
souvenirs? Quelques mots suffiront pour

arriver à la fin de ce triste récit. *Le Serpent* avoit un équipage beaucoup plus nombreux que *le Faucon*, et composé d'hommes déterminés, d'une bravoure à toute épreuve ; les trois quarts étoient des Anglais et des Irlandais. Il étoit donc impossible d'en venir à l'abordage avec succès. Il avoit un autre avantage par le nombre de ses canons, et un plus grand encore par le poids des boulets qu'ils lançoient. Il en résulta qu'après une demi-heure de combat, et à l'instant où le soleil paroissoit sur l'horizon, nous vîmes *le Faucon*, ayant perdu son gouvernail, ses mâts et ses voiles, incapable de faire une seule manœuvre et même de pointer un canon ; et le pirate auroit pu aisément le couler à fond par quelques nouvelles bordées, ou s'en emparer à l'abordage, s'il n'avoit aperçu en ce moment deux autres voiles arrivant du côté du Sud. C'étoient un cutter et une corvette de la marine anglaise ; mais le

vent soufflant alors avec plus de force et
devenant favorable *au Serpent*, il déploya
toutes ses voiles et on le perdit de vue avant
que ces deux bâtimens eussent le temps
d'arriver. Ils se bornèrent donc à prendre
en toue *le Faucon*, ayant perdu tous ses
agrès, complétement démantelé, prêt à
couler à fond, et ayant plus d'un tiers de
son équipage tué ou blessé, et le recondui-
sirent à Carnarvon.

Cette triste scène venoit de se ter-
miner, mais une autre non moins lugubre attendoit encore sir Morgan, qui
ne la prévoyoit que trop. Une nouvelle leçon alloit lui apprendre combien le chagrin
est sacré ; car, je le soutiendrai, monsieur Bertram, quoiqu'on prétende que les
sentimens du pauvre soient plus grossiers
et plus émoussés que ceux du riche, cependant, en tout ce qui a rapport aux affections directes du cœur, les distinctions de la

richesse et de la pauvreté , d'une naissance
distinguée ou obscure , n'ont pas le poids
d'une plume dans la balance. Il peut exister
une différence entre eux pour ce qui concerne
le goût, les arts, les usages de la société ; mais
les liens qui attachent ensemble les grandes
relations de la vie humaine sont aussi forts
et aussi solides dans tous les rangs , aussi
sacrés aux yeux de Dieu , et leur dissolution
produit la même angoisse dans la classe la
plus humble comme dans la plus élevée. Sir
Morgan venoit d'apprendre à connoître le
chagrin , et il apprit bientôt à apprécier
les tourmens qu'on éprouve en se séparant
de l'être sur lequel on a concentré toutes
les affections de son cœur. Lady Walladmor avoit passé la nuit dans des convulsions successives à peine séparées l'une de
l'autre par quelques instans. Vers le lever
du soleil les intervalles furent plus longs ,
mais il étoit évident que cette espèce de
repos n'étoit dû qu'à l'épuisement total de

ses forces. Cependant elle conservoit l'usage
de ses sens, et dès qu'elle recouvra la parole, elle demanda sir Morgan.

J'entrai avec lui dans la chambre de
lady Walladmor. Elle étoit couchée sur
un sopha, la tête appuyée sur des coussins,
et entourée de ses femmes. Nous restâmes
tous dans l'appartement; les uns y étoient
nécessaires, et les autres n'y étoient pas
de trop, car la présence des étrangers n'est
gênante que lorsqu'ils sont spectateurs in-
différens, et qu'ils ne partagent pas l'émotion dont ils sont témoins : or nous la par-
tagions tous au plus haut degré, et l'intérêt
que nous y prenions n'avoit rien de commun
avec la curiosité.

Il n'y a nul doute que lady Walladmor ne se rappelât alors quelque circonstance de la recommandation qui lui avoit
été faite en faveur de Winifred Griffiths,

recommandation qui ne lui avoit inspiré
alors aucun soupçon, mais que l'événement qui venoit d'avoir lieu rendoit plus
que suspecte. Il étoit clair qu'elle savoit à
quoi s'en tenir sur ce point, car elle ne
nous demanda aucun détail ; elle vit sur
nos physionomies que nous n'avions rien à
lui apprendre qui pût jeter quelques consolations sur ses derniers momens, et diriger ses pensées sur ce sujet étoit un effort
trop pénible pour la nature épuisée. Elle
baissa la tête avec une expression d'angoisse qui nous perça le cœur. Deux fois
elle leva la main comme si elle eût voulu
prononcer une prière, et deux fois cette
main retomba sans force. Elle la souleva
une troisième, et sir Morgan la reçut dans
la sienne. Enfin nous vîmes ses lèvres s'entr'ouvrir, et la solennité de ses dernières
paroles arrêta nos larmes un instant. Elle
lui dit que, s'il désiroit trouver quelque
consolation dans son affliction, il falloit

qu'il fît attention à sa dernière prière, qui
étoit que, s'il voyoit jamais, même en ce
moment elle avoit trop de délicatesse pour
lui dire s'il revoyoit encore, quelque
pauvre créature souffrante, succombant
sous des épreuves trop fortes pour la foi-
blesse humaine, venir déposer à ses pieds
le fardeau de sa misère, il ne lui fermât ni
son cœur, ni son oreille. A ces mots elle
se cacha le visage sur la poitrine de sir
Morgan ; de nouvelles convulsions se suc-
cédèrent, et avant que la rosée du matin
se fût exhalée sous les rayons du soleil, son
âme avoit été transportée dans le séjour de
la paix éternelle.

Ainsi une seule nuit vit se flétrir la
prospérité de sir Morgan ; ainsi ses enfans
lui furent enlevés ; ainsi mourut lady Walladmor, et son mari vit disparoître avec
elle tout le bonheur et toutes les consolations qu'il pouvoit espérer en ce monde.

Il restoit seul, isolé, livré aux regrets et
à l'affliction; et pendant quelques années
il renonça à toute société, et ne se montra
en public que dans les occasions où les devoirs de son rang et de la place qu'il occupoit l'exigeoient impérieusement. Insensiblement les prières de ses amis, et le
temps qui s'il ne console pas toujours
rend du moins la douleur plus suppor-
table, le déterminèrent à rentrer dans le
monde. Ce fût à cette époque que miss Walladmor vint au château : la joie sembla y
rentrer avec elle : mais, hélas ! cette joie
ne fut pas de longue durée.

— Mais, demanda Bertram, sir Morgan
n'a-t-il jamais pu retrouver aucune trace
des pirates ou de ses enfans?

— Jamais, répondit M. Williams, et
c'est encore un des coups de son malheureux destin. Il auroit oublié tous ses malheurs si ses enfans lui eussent été rendus;

il auroit même pu trouver quelque consolation à apprendre qu'ils avoient péri, car
il eût été plus heureux pour eux de périr
en bas âge que d'être élevés parmi des brigands et des pirates; mais, quoiqu'il soit
probable qu'ils n'existent plus, on n'a jamais pu en acquérir la certitude absolue.
L'exprès qu'on avoit envoyé à Liverpool y
avoit trouvé une frégate de trente-six canons, *la Némésis*. Elle leva l'ancre sur-le-
champ, et fit force de voiles pour poursuivre l'ennemi, dans l'espoir de l'atteindre
avant qu'il arrivât à l'île de Man; mais *le
Serpent* étoit excellent voilier, et il avoit
beaucoup d'avance. Cependant, dans la
soirée du second jour, *la Némésis* l'aperçut à la côte du Cumberland, entre Raven-
glass et Whitehaven, à environ six milles
de distance. Deux heures de chasse l'auroient mise à une portée de canon du pirate;
mais ce fut en ce moment que commença
la grande tempête du 13 juin qui occa-

siona tant de naufrages. *la Némésis* elle-
même fut forcée d'entrer à Maryport, et,
comme on n'entendit plus parler du *Serpent,* on supposa qu'il avoit coulé à fond
dans cette mémorable tourmente, qui fut
fatale à un si grand nombre de bâtimens
qui connoissoient mieux ces mers. Sir Morgan auroit donné un royaume pour en obtenir la preuve ; mais malheureusement le
sort de ce bâtiment fut toujours douteux,
et il n'étoit pas impossible qu'il eût réussi
à s'avancer vers le nord, comme il en avoit
l'intention. Le bruit courut même qu'on
l'avoit vu dans la Baltique. Je n'ai pas besoin de vous dire que sir Morgan employa
tous les moyens que sa fortune et son influence mettoient en son pouvoir, pour
s'assurer de ce fait, mais il fut impossible
de le constater ; et sir Morgan auroit peut-
être été convaincu, comme on le fut généralement, que ce bruit étoit sans fonde-
ment, sans les expressions ambiguës et les

insinuations malignes que Gillie Godber
laissoit quelquefois échapper dans ses momens de fureur et de folie.

— A propos, dit Bertram, vous me rappelez une question que j'allois oublier de
vous faire. Pourquoi cette femme détes-
table n'a-t-elle pas été arrêtée et mise en
jugement ?

— Quel avantage y auroit-on trouvé? En
supposant qu'elle eût été convaincue et
condamnée à la déportation, on n'auroit
fait que la soustraire à la surveillance de
ceux qui l'épioient pour profiter de toutes
les lumières qu'elle pourroit jeter sur cet
événement mystérieux dans un instant de
folie, et se priver des aveux que le repentir peut encore lui arracher quand elle
sera sur son lit de mort.

— Mais du moins on auroit pu la menacer de la traduire en justice.

— On a fait plus : on l'a fait comparoître deux fois devant les magistrats. Mais qu'en est-il résulté? Elle est intraitable comme les flots soulevés, indomptable comme l'ouragan furieux. Quelles menaces, quelles voix, quels sons pourront jamais l'alarmer, si ce n'est le son de la trompette qui l'appellera hors du tombeau? Quelle déclaration d'un jury, quelle sentence d'un juge pourroient l'intimider? La seule sentence qu'elle pût craindre a retenti à ses oreilles, il y a vingt-quatre ans, dans le château de Walladmor. Cette voix terrible, qui voua à la mort le fils en qui elle avoit concentré toute son affection, résonne encore à ses oreilles, et elles ne peuvent entendre autre chose.

— Mais sa vue doit être pénible à sir Morgan, et cependant, hier.....

— Je sais ce que vous voulez dire, monsieur

Bertram : vous l'avez vue hier entrer librement dans le parc du château. Mais on est obligé de lui laisser toute liberté, pour avoir plus de chances de surprendre les aveux qui pourroient lui échapper, de sorte qu'elle a le privilége d'aller et de venir à volonté. Mais, depuis bien des années, elle n'y paroît que bien rarement, et personne ne sait même où est son domicile habituel. Sir Morgan voudroit l'y voir plus souvent, et il feroit pleuvoir les présens sur elle si elle vouloit les accepter. Le désir qu'il éprouve d'avoir sous les yeux cette misérable femme, monsieur Bertram, est une bizarre expression de la douleur, une forme que prend le chagrin pour tourmenter l'âme la plus noble. On a vu des gens porter sur eux les symboles et les instrumens de leurs crime; et sir Morgan voit en Gillie Godber un souvenir vivant de ce qu'il appelle son crime, et de la punition qu'a attirée sur lui son trop de sévé-

rité, punition qui lui a inspiré des idées
plus miséricordieuses.

Je crois qu'il a raison. Dans les tragé-
dies grecques, dont la morale, je suis fâché
de le dire, est quelquefois meilleure que
celle que nous enseignons nous-mêmes,
tout chrétiens que nous sommes, il se
trouve une idée souvent répétée, et que
j'ose dire que vous n'avez pas oubliée,
monsieur Bertram : c'est que, lorsqu'un
homme, par ses paroles ou ses actions,
annonce qu'il se glorifie de sa prospérité comme s'il en étoit le créateur, ou
qu'il ne la dût qu'à son propre mérite,
c'est un présage de malheurs à venir. Or,
c'est précisément le crime dont se rend
coupable celui qui, étant né d'une femme,
endurcit son cœur contre les ferventes
prières de son frère ou de sa sœur au désespoir. Car, comment se refuseroit-il à lui
montrer de la merci, s'il ne se croyoit élevé

5*

au-dessus de la possibilité d'en avoir jamais besoin lui-même?

. Oui, sir Morgan a raison. Ses tristes réflexions le lui disent; et je l'ai souvent entendu dire que depuis l'instant mémorable où, après avoir refusé d'intercéder en faveur de Grégoire Godber, il vit cette malheureuse mère étendue sur le plancher, dans les convulsions du désespoir, et le maudissant des yeux et des lèvres, il lui sembla qu'il étoit déjà atteint par sa vengeance, et qu'il n'avoit jamais pu penser, parler, dormir ou rêver, comme pensent, parlent, dorment et rêvent ceux qui ont le bonheur d'avoir une conscience que rien ne trouble, et contre lesquels il ne s'élève aucun reproche dans le grand livre de l'éternité, où sont enregistrées les larmes des affligés.

# CHAPITRE IV.

« Oui vos dédains lui briseront le cœur.
De sa présomption il connoît la folie ,
Mais votre air de fierté le blesse et l'humilie.
A peine oseroit-il lever les yeux sur vous ;
Et cependant il est amoureux et jaloux.»

FORD.

LA conversation dont nous venons de rendre compte fut interrompue par le son des trompettes de la cavalerie. M. Williams et Bertram virent les dragons monter à cheval à la hâte, et on leur dit que ce mouvement précipité avoit lieu en vertu de

renseignemens particuliers que sir Charles
Davenant venoit de recevoir à l'instant.
Tout ce qu'ils purent apprendre de plus
fut qu'on soupçonnoit qu'une attaque qu'on
supposoit conduite par le capitaine Nicolas
devoit avoir lieu dans la soirée même contre
un dépôt de chevaux destinés à remonter
une compagnie de dragons. Ce dépôt avoit
été récemment formé dans les environs de
Walladmor, et l'on y réunissoit les chevaux qu'on achetoit à différentes foires sur
les frontières. Dans quel dessein le capitaine Nicolas pouvoit-il méditer une attaque? Ce ne pouvoit être que pour monter
une troupe d'hommes d'élite pris sur des
bâtimens contrebandiers qui croisoient sur
les côtes. — Mais que peut-il vouloir faire
avec cette cavalerie? demanda Bertram.
Pourquoi, étant lui-même dans un si grand
danger, et une récompense considérable
ayant été promise pour son arrestation,
persiste-t-il à rester dans ce voisinage?

—Je pense, répondit M. Williams, que les motifs ordinaires qui portent les hommes à prendre soin de leurs jours sont étrangers au capitaine Nicolas, et qu'il y a déjà bien du temps qu'il ne tient plus à la vie. Mais en ce moment, ses anciens sentimens de jalousie, d'inquiétude et d'irritation se sont peut-être réveillés par l'arrivée accidentelle de sir Charles Davenant au château. Sir Charles a aspiré autrefois à la main de miss Walladmor, mais elle la lui a refusée de la manière la plus ferme et la plus décisive, quoique cette demande fût appuyée par tous ses parens. Indépendamment de la naissance et des belles espérances de sir Charles, qui lui donnoient le droit de lever les yeux si haut, la plupart des membres de la famille désiroient vivement ce mariage, moins pour sir Charles Davenant lui-même, que pour faire perdre toute espérance au capitaine Nicolas; car il présume que vous avez entendu parler de son attachement pour miss Walladmor.

— J'en ai entendu dire quelques mots, répondit Bertram, et mes propres observations m'en ont appris quelque chose. Mais j'ignore entièrement l'histoire de cet attachement, et à quelle circonstance il doit son origine. Je ne sais pas même qui est ce capitaine Nicolas; et il m'est impossible de former une conjecture raisonnable sur les causes qui ont pu inspirer à un homme lié avec des contrebandiers, et d'autres misérables de cette classe, assez de présomption pour oser même lever les yeux sur la belle héritière de Walladmor.

— Qui est le capitaine Nicolas? c'est ce que personne ne pourroit vous dire. Sa naissance est un mystère pour tout le monde, et en est un pour lui-même. Quant à ses liaisons avec des contreban-

diers, on pourroit dire, en se servant d'un
terme de l'école, que c'est un accident de
sa premiére jeunesse ; et s'il les renoue aujourd'hui, comme il l'a déjà fait une couple
de fois, c'est pour accomplir quelque projet que lui seul connoît. J'avoue que je
prends beaucoup d'intérêt au capitaine Nicolas, et sir Morgan pense comme moi à
ce sujet. Bien des traits de sa conduite qui
sont venus à notre connoissance annoncent une grande générosité. Un amour vif
et persévérant prouve déjà quelque noblesse dans le caractère d'un homme, surtout quand il est à peu près sans espoir, et
quand on sait positivement qu'il n'a pas
voulu devoir ses succès à des moyens dés-
honorans. Plusieurs fois le capitaine Nicolas a eu en son pouvoir d'enlever miss Walladmor, et de la transporter à bord d'un
bâtiment ; une fois même il auroit pu le
faire sans courir aucun risque d'être découvert, et jamais il n'a voulu profiter

d'aucune de ces occasions. On me dira que
ce n'eût pas été le moyen de gagner les
bonnes grâces d'une femme douée d'autant de noblesse d'esprit que miss Walladmor; mais qu'un homme élevé comme
il l'a été ait reconnu cette vérité, qu'il ait
eu la force de résister toujours à cette tentation, c'est une preuve d'élévation d'esprit
qui suffiroit pour que le capitaine Nicolas
méritât quelque estime. Mais d'ailleurs
c'est un homme doué de grands talens,
d'une intrépidité sans égale, d'une adresse
merveilleuse, ayant des manières pleines
de noblesse et de dignité, et j'ai entendu
dire qu'il étoit excellent officier de terre et
de marine.

— Mais quelle est l'origine de ses liaisons avec des contrebandiers, et comment
a-t-il fait connoissance de miss Walladmor?

— Voici tout ce que je sais de son histoire. Il y a environ huit ans, et il n'en

avoit guère alors que quinze, qu'il parut pour la première fois dans ce pays. Il passoit pour fils, fils adoptif, à ce que je crois, du capitaine Donneraite, commandant d'un grand bâtiment hollandais qui venoit souvent sur ces côtes. Donneraite prétendoit faire le commerce régulièrement ; mais on savoit fort bien que la contrebande étoit le principal objet de ses voyages. Edouard Nicolas, comme je viens de vous le dire, passoit pour fils du capitaine, et il étoit respecté de tout l'équipage, tant en cette qualité, qu'à cause de son mérite personnel. Il avoit déjà l'esprit si entreprenant, et il conduisoit si bien les affaires les plus difficiles qui lui étoient quelquefois confiées, que le capitaine Donneraite, qui étoit vieux et indolent, le laissa peu à peu remplir toutes les fonctions du commandement de son navire, de sorte qu'à l'âge de seize ans, il en étoit le capitaine de fait, quoiqu'il ne le fût pas de nom.

III 6

Cette habitude, prise de si bonne heure, de commander un équipage nombreux et intrépide, donna à ses manières un air de dignité, tempérée par une bonté et une générosité qui lui étoient naturelles. Ce caractère, uni à un bel extérieur et à un maintien plein de noblesse, lui concilia l'amitié de tout ce qui l'entouroit, tant sur son bâtiment, que parmi ceux qui avoient des relations avec lui sur les côtes, et il devint le favori de tous ceux qui le connoissoient. Le habitans de nos environs racontent encore un grand nombre des premiers exploits de sa jeunesse, et parlent avec intérêt de ses rencontres avec les officiers de la douane, et des ruses qu'il employa souvent avec succès soit pour les tromper, soit pour leur échapper. Il sembloit pourtant s'en amuser plutôt qu'en faire une occupation régulière.

Ce fut dans le même esprit qu'il s'at-

tacha quelque temps à une troupe de co-
médiens ambulans, et la suite de ses aven-
tures prouve que c'est ainsi qu'il faut in-
terpréter sa conduite. Il n'avoit que dix-
huit ans, lors de la mort du capitaine
Donneraite, qui lui laissa un legs considérable, indépendamment de son bâtiment,
dont il étoit seul propriétaire. Edouard
Nicolas partit avec ce navire pour l'Amérique méridionale, et emmena avec lui
presque tout son équipage, qui ne voulut
pas quitter son jeune capitaine. Là, il entra
au service d'une des républiques qui s'élevoient dans cette partie du monde, s'y distingua par des actes de bravoure, et ob-
tint même le commandement d'une frégate.
Des circonstances qui me sont inconnues
le déterminèrent à passer dans le service de
terre, et il s'y fit une nouvelle réputation
comme officier de cavalerie. Enfin, le gouvernement voulant mettre ses forces na-
vales sur un pied plus respectable, il

revint en ce pays dans l'espoir d'y recruter
des marins d'élite parmi les contrebandiers
qu'il avoit connus, pour équiper une petite
flottille. Quatre ans et demi se sont écou-
lés depuis cette époque, et ce fut celle où,
commencèrent ses rapports avec miss
Walladmor, rapports qui influèrent tellement sur le reste de sa vie.

Miss Walladmor n'avoit alors que seize
ans. Elle étoit d'une beauté parfaite, et plus
développée qu'on ne l'est ordinairement à
cet âge; mais elle avoit une expression
d'innocence presque enfantine, qui prêtoit
de nouveaux charmes à une physionomie
enchanteresse. Edouard Nicolas la vit pour
la première fois dans les bois de Tre Mawr,
d'un endroit où il ne pouvoit être aperçu
lui-même, et il en devint tout à coup si
passionnément épris, qu'à compter de ce
moment, il renonça au projet de retourner
en Amérique. Il passoit les jours et les

nuits à chercher quelque moyen de s'en
faire connoître; mais l'amour, quand il est
pur et ardent, est aussi timide, délicat et
respectueux. Le capitaine Nicolas connoissoit d'ailleurs le rang et les espérances de
miss Walladmor, et ces circonstances pouvant faire douter du désintéressement de
sa passion, il n'en hésitoit que davantage
à se montrer à elle.

Enfin le hasard fit pour lui ce qu'il
n'avoit pu trouver le moyen de faire lui-
même. Les bois de Tre Mawr sont coupés
par des allées qui se dirigent en tous sens,
dans une étendue de plusieurs milles :
comme ils sont situés dans le domaine de
Walladmor, on les regarde comme faisant
partie du parc auquel ils touchent, et miss
Walladmor avoit coutume de s'y promener
à cheval presque tous les jours, sans aucune suite. Le capitaine Nicolas le découvrit bientôt, et il y restoit caché des jour-

nées entières, uniquement dans l'espérance
de la voir un instant. Dans une de ses occasions, le cheval de miss Walladmor se
heurta un pied contre une grosse racine, se
cabra, devint indocile aux rênes, et l'en-
traîna au grand galop vers les précipices
d'Ap Gauvon. Le capitaine Nicolas, qui,
suivant son usage, étoit caché dans les environs, s'aperçut du danger qu'elle couroit,
sortit d'un buisson épais, se précipita devant le cheval, lui saisit la bride à dix pas
d'un abîme, et sauva ainsi la vie de miss
Walladmor. C'étoit sans contredit la meilleure manière de faire une connoissance,
et tout le reste s'ensuivit naturellement.

Au surplus miss Walladmor ne manquoit pas d'excuses. Elle n'avoit pas plus
d'expérience qu'un enfant; le capitaine
Nicolas, qui, dès sa jeunesse, avoit été habitué à commander, et qui sortoit d'un service où il avoit obtenu l'estime et été admis

à l'intimité de l'état major de l'armée répu-
blicaine, avoit un air distingué et des manières douces et prévenantes; il étoit naturellement éloquent, et l'amour prêtoit une
nouvelle éloquence à tous ses discours;
enfin il avoit sauvé la vie de miss Walladmor. Toutes ces circonstances réunies
devoient faire une vive impression sur un
jeune cœur, et elle ne fut pas affoiblie par
la noble expression d'une physionomie
qu'embellissoient alors les grâces de la première jeunesse; car il avoit à peine vingt
ans, et sa fraîcheur n'étoit pas flétrie par
les chagrins qui le font paroître aujourd'hui
plus âgé qu'il ne l'est réellement. Mais ce
qui peut-être plaidoit par-dessus tout en sa
faveur dans le cœur de miss Walladmor,
c'étoit ce qui doit toujours faire une impression profonde sur le cœur d'une femme
vertueuse, douée de sensibilité, un dévoue-
ment profond et passionné dont ses paroles,
ses gestes, ses regards donnoient constam-

ment des preuves. Il révéroit l'air qu'elle respiroit, regardoit avec envie l'herbe qu'elle fouloit aux pieds, et auroit donné sa vie pour pouvoir seulement baiser le bas de sa robe. Cette innocente jeune fille, cette enfant, car elle n'étoit alors qu'une enfant, régnoit souverainement sur cet être habitué à ne connoître d'autre volonté que la sienne, et dirigeoit tous ses mouvemens. Si le capitaine Nicolas n'avoit jamais eu d'autre guide, je garantis que jamais on n'auroit eu un reproche à lui faire, car il n'existe pas en ce monde de meilleure sauvegarde contre les tentations auxquelles expose la vie humaine, qu'un amour véritable pour une femme vertueuse. Le malheur est que, pour mille femmes semblables, il se trouve à peine un homme capable d'éprouver un pareil amour. Oui l'homme à cet égard est une brute.

Mais, pour en revenir à miss Wal-

ladmor, vous ne serez pas surpris, d'après
toutes les circonstances que je viens de
rapporter, qu'elle n'ait pas discontinué ses
promenades dans les bois de Tré Mawr.
Toute jeune qu'elle étoit, son cœur lui
disoit que, près d'un homme animé par un
amour si vrai et si ardent, elle n'avoit rien
à craindre ni de lui-même ni de quelque
autre que ce fût. Un rendez-vous suivit donc
l'autre, et pendant environ dix-huit mois
ils continuèrent cette liaison clandestine.
Je l'appelle clandestine parce qu'elle avoit
lieu secrètement, et à l'insu de sir Morgan,
car il n'y avoit personne dans le pays qui
n'en fût instruit. Je ne puis vous dire comment il se fit que sir Morgan Walladmor
n'en entendit jamais parler, et vous serez
sans doute surpris que je ne l'en aie pas in-
formé moi-même. La vérité est que je n'en
eus connoissance que fort tard; qu'il n'é-
toit plus temps de prévenir le mal, et que
je n'aurois pu en parler sans causer le mal-

heur de ces deux jeunes gens et la ruine du capitaine. La principale objection qu'on pouvoit faire à leur mariage prenoit sa source dans l'inégalité de rang et de fortune du capitaine Nicolas, et dans l'incertitude de sa naissance, objection qui auroit été suffisante dans un cas ordinaire ; mais le capitaine Nicolas, à un âge si peu avancé, ayant porté les armes avec tant d'honneur et de gloire dans l'Amérique méridionale, je ne la regardois pas comme insurmontable ; et il me sembloit que, quelque force qu'elle eût pu avoir pour qu'on s'opposât à un tel attachement lors de sa naissance, elle devenoit bien plus foible, lorsqu'il avoit pris des racines si profondes.

Miss Walladmor avoit près de dix-huit ans, quand sir Morgan entendit parler de cette liaison. Il en fut vivement affligé, et parut la regarder comme un des châtimens que le ciel lui avoit réservés. Ce fut

sans doute pour cette raison qu'il n'en fit
jamais aucun reproche à sa nièce. Ce fut à
cette époque que sir Charles Davenant fit la
cour à miss Walladmor et sollicita sa main ;
il y étoit encouragé par toute la famille de la
jeune héritière à l'exception de sir Morgan,
qui, quoiqu'il désirât vivement ce mariage,
ne le flatta jamais d'aucune espérance. Mais
elle refusa ses offres avec une fermeté qui devoit décourager tout-à-fait un homme doué
de son discernement. Le capitaine Nicolas
avoit trop de noblesse dans l'âme pour se
livrer à une passion aussi basse que la jalousie ; mais il trembloit en songeant aux
effets qu'une longue persécution pourroit
produire sur un caractère aussi doux que
celui de miss Walladmor. Mais, quoiqu'elle
soit la plus docile de toutes les créatures,
elle est ferme en tout ce qu'elle regarde
comme intéressant son honneur : et il eut
lui-même la preuve en ce qui le concernoit
personnellement.

Tout à coup on fit revivre les histoires,
des délits et des actes de violence,
accompagnés quelquefois d'effusion de
sang, des contrebandiers avec lesquels le
capitaine Nicolas avoit passé une partie de
sa jeunesse, et l'on ne manquoit pas d'y
faire entrer le nom d'Edouard Nicolas,
qu'on avoit toujours soin de représenter
comme leur chef. Miss Walladmor et son
amant étant généralement aimés dans tous
les environs, je ne pouvois concevoir ce
qui faisoit renaître la mémoire de faits
qui paroissoient oubliés depuis long-temps,
et ayant fait quelques recherches à ce sujet, je me convainquis que c'étoit Gillie
Godber qui avoit remis en circulation
ces vieilles histoires, qui n'avoient évidemment d'autre but que de les persécuter.
Or le rang de miss Walladmor, et l'intérêt universel qu'avoit inspiré l'aventure
presque romanesque qui lui avoit fait connoître le capitaine Nicolas, avoient attiré sur

celui-ci l'attention de tout ce qu'il y avoit
de plus distingué dans le comté ; et ces
bruits ne pouvoient qu'être très-désavan-
tageux à ses prétentions , puisqu'ils ne
pouvoient inspirer que des préventions dé-
favorables contre lui à tous les parens de
miss Walladmor.

Cependant le capitaine Nicolas n'avoit
rien caché à miss Walladmor. Avec la franchise et la sincérité du véritable amour, il
lui avoit fait part des circonstances qui l'a-
voient placé pendant sa jeunesse parmi des
contrebandiers , et elle les avoit regardées
comme une palliation des erreurs dans lesquelles il avoit été entraîné par la légèreté
de son âge , ce qu'elle considéroit comme
un malheur plutôt que comme un crime. Il
lui avoit pareillement avoué l'obscurité de sa
naissance, et elle n'avoit rien à apprendre
cet égard. La plupart des reproches qu'on
lui adressoit se reportoient donc à une date

qui en étoit la justification aux yeux de
miss Walladmor, et quant aux actes de la
cruauté dont on l'accusoit, tous ceux qui
le connoissoient bien se refusoient à l'en
croire coupable; car, quoique depuis qu'il
s'est livré au désespoir il puisse tenir des
propos qui annoncent de la férocité, son
caractère n'a rien de sanguinaire ni de cruel.

Mais, quelque disposée que fût miss Walladmor à envisager avec indulgence les fautes
du capitaine Nicolas, elle ne pouvoit se dissimuler que les contraventions aux lois qu'il
avoit commises laissoient sur son nom une
tache qui ne lui permettoit pas d'aspirer
à la main de la nièce de sir Morgan ; et,
quoiqu'elle cherchât à écarter cette idée de
son esprit, elle voyoit qu'elle étoit profondément enracinée dans celui des autres. Elle
sentoit qu'elle devoit quelque chose à sa famille, et surtout à sir Morgan, qui en étoit
le chef, et qui lui avoit toujours témoigné

une confiance sans bornes. Quoiqu'on exa-
gérât les torts du capitaine Nicolas, et
qu'elle rejetât la plus grande partie sur sa
grande jeunesse , elle savoit qu'il y avoit
quelque chose de vrai dans les reproches
qu'on lui adressoit , car il avoit trop de
grandeur d'âme pour chercher à se justifier en recourant au mensonge.

Toutes ces circonstances jetèrent miss
Walladmor dans une profonde affliction ;
sa paix d'esprit disparut, sa santé s'altéra,
et sa physionomie ingénue trahit l'agitation à laquelle elle étoit en proie. Elle savoit qu'en lui ordonnant de s'éloigner d'elle,
elle le livreroit au désespoir, et elle ne pouvoit se résoudre à agir ainsi envers un
homme qui l'aimoit depuis si long-temps
et si passionnément. Son devoir l'emporta
pourtant, et elle lui dit, avec tout le calme et
toute la fermeté dont elle put s'armer, qu'il
falloit qu'ils se séparassent. Elle fit tout ce

qu'il lui étoit permis de faire pour adoucir l'amertume de cette séparation ; elle n'avoit pas besoin de lui dire qu'il emporteroit toute son affection, mais elle l'assura que, s'il pouvoit effacer de quelque manière que ce fût la tache imprimée sur son nom, elle ne se souviendroit que de ses infortunes et du service qu'il lui avoit rendu.

Mais comment pouvoit-il effacer cette tache ? Il étoit sans amis en Angleterre, et ne pouvoit y espérer aucun avancement, et tout ce qu'il pourroit faire en Amérique seroit compté pour rien dans sa patrie. Privé de toute espérance, il s'abandonna au désespoir, et commença à concevoir des entreprises criminelles.

Ce qui me reste à vous dire est le plus pénible, et les détails ne m'en sont même connus que très-imparfaitement. Des troubles politiques éclatèrent à cette époque dans les diverses parties de l'Angle-

terre et notamment dans ce comté ; on soup-
çonna le capitaine Nicolas de les fomenter ,
et on l'accusa même de quelques actes qui
auroient pu attirer sur lui la peine de haute
trahison. On ne peut lui trouver d'excuse
que dans le désespoir auquel il étoit livré
depuis qu'il ne voyoit plus miss Walladmor,
désespoir que bien des gens prétendent
poussé jusqu'à l'égarement d'esprit ; à moins
qu'on n'en allègue un autre pour sa conduite politique , en disant qu'ayant passé une
partie de sa vie dans un état livré aux convulsions de l'anarchie, où un parti en com-
battoit un autre qui étoit , qui avoit été, ou
qui prétendoit être celui du gouvernement,
la rébellion contre les autorités existantes
ne lui paroissoit pas un crime qui dût attirer l'indignation générale , parce qu'il
n'avoit pas été habitué à l'envisager sous
ce point de vue. Je puis ajouter que , con-
noissant peu l'Angleterre , et ne se faisant pas une idée juste de notre situation

6*

politique, il croit sincèrement à l'existence
d'oppressions qui ne sont qu'imaginaires.
Il est bon d'avoir ces réflexions présentes
à l'esprit, quand on parle de ce qui va
suivre.

Lorsque les troubles qui régnoient
dans ces environs furent apaisés, il retourna dans l'Amérique méridionale, y
prit de nouveau du service ; mais sa passion pour miss Walladmor ne lui permit
pas d'y rester long-temps, il ne tarda pas
à revenir en Angleterre, et se lia, dit-on,
avec quelques-uns des conspirateurs de
Cato Street. Je ne garantis pas la vérité de
ce fait ; il se vante lui-même d'avoir pris
part à tous leurs desseins ; mais, dans son
égarement d'esprit, il se fait quelquefois
une réputation plus mauvaise qu'il ne le
mérite. Une chose certaine, c'est que le
gouvernement a renoncé au projet de le
traduire en justice comme complice de

cette conspiration, et, si l'on réussit à s'emparer de lui, il ne sera jugé que sur les faits relatifs à ses entreprises de contrebande à main armée, et c'en est bien assez pour le perdre.

—Mais pourquoi s'opiniâtre-t-il à rester dans ces environs, demanda Bertram, puisque sa personne y est connue, qu'on doit savoir quels sont les lieux qui lui servent de retraite, et qu'il est impossible qu'il ne soit pas arrêté tôt ou tard?

— Cet aveuglement est sans doute produit par l'excès de sa passion pour miss Walladmor, répondit M. Williams. Le hasard peut l'offrir quelquefois à ses yeux, et c'est une consolation pour son esprit agité. Cependant c'est un plaisir dont il doit jouir bien rarement, car à présent elle ne sort guère du château. Ses anciennes inquiétudes peuvent aussi s'être réveillées

en voyant sir Charles Davenant reparoître
à Walladmor. On ne peut nier qu'il ne
s'expose à quelques risques en séjournant
sur nos côtes, mais d'un autre côté il y
trouve quelques avantages. Il est sûr d'être
secouru ouvertement par tous les contrebandiers de profession, et il est secrètement
protégé par tous les paysans, qui profitent
de ce négoce illicite. C'est par ce double
moyen qu'il parvient à échapper à toutes
les poursuites des agens de la justice.

Bertram et M. Williams conversoient
ainsi en se promenant sur une terrasse du
château. Un grand bruit les interrompit en
ce moment. Ils jetèrent les yeux au-dessus
d'eux dans le parc, et virent un troupeau
de daims qui couroient avec la rapidité de
l'éclair. Quelques secondes après, deux
corps de cavalerie, le premier en pleine
fuite, le second le poursuivant, s'avancèrent au grand galop dans la direction du

château. A environ trois cents pas des murs, une escarmouche assez vive eut lieu. On entendit plusieurs décharges de carabines et de pistolets, et l'on vit briller les sabres des dragons et les coutelas des marins. Il devint bientôt évident que le parti que commandoit le capitaine Nicolas avoit rencontré dans les environs le détachement de sir Charles Davenant, et cherchoit à battre en retraite. Il étoit facile de voir que les contrebandiers avoient eu un désavantage marqué, car ils étoient en grand désordre quand ils arrivèrent ; et ni leurs montures ni leurs armes ne les mettoient en état de soutenir le choc de deux compagnies de dragons bien montés, bien armés, et parfaitement disciplinés. Les chevaux que montoient les hommes composant la troupe d'Édouard Nicolas étoient de cette race de chevaux montagnards qui sont pleins de feu, légers et infatigables, mais dont la petite taille ne pouvoit résister à la charge des coursiers

vigoureux de la cavalerie anglaise, et qui
n'étoient point accoutumés à des mouvemens combinés.

C'étoit d'après cette considération qu'É-
douard Nicolas, dont on entendoit conti-
nuellement la voix donner des ordres,
avoit dirigé sa retraite vers un point où
l'inégalité du terrain neutralisoit les avantages des dragons. Il se trouvoit alors sur
un sol qui lui étoit parfaitement connu,
et que sir Charles Davenant ne connoissoit nullement. Il en profita pour rallier sa troupe, et mit ses ennemis dans
l'embarras. A l'endroit où l'escarmouche
avoit eu lieu, commençoit une longue
chaîne de rochers couverts de bois, qui
traversoient le parc dans une longueur de
plusieurs milles. Lorsqu'il eut gagné ces
hauteurs, le capitaine Nicolas fit volte-
face, et se montra disposé à opposer aux
dragons une résistance plus sérieuse. Il

continua pourtant sa retraite, et ce nouveau
mouvement éloigna les combattans du château. Les deux troupes disparurent, mais
elles se remontroient de temps en temps sur
une hauteur ou dans une clairière. Les
chevaux des contrebandiers, habitués à
courir sur les montagnes, avoient le pied
sûr et s'avançoient rapidement; ceux des
dragons trébuchoient à chaque pas, s'a-
battoient quelquefois, ce qui retardoit la
marche et rompoit la ligne. Quand on en-
troit dans quelque grande clairière, dont le
sol étoit à peu près de niveau, la cavalerie
régulière regagnoit du terrain, reprenoit
son avantage, et sir Charles Davenant en
profitoit pour ordonner une charge. Mais
l'adresse du capitaine Nicolas, qui étoit
excellent officier de cavalerie, et qui connoissoit ce genre de guerre mieux que son
antagoniste, la nature du terrain et la
connoissance parfaite qu'il avoit des loca-
lités, déjouoient toujours les efforts des

dragons ; et il continua sa retraite jusqu'à ce qu'il eût gagné les bois de Tre-Mawr, vers lesquels il s'étoit toujours dirigé, et où sir Charles Davenant continua encore quelque temps à le poursuivre.

Les dragons ne rentrèrent au château que tard dans la soirée ; ils avoient beaucoup souffert sur le terrain difficile où le capitaine Nicolas avoit eu l'art de les attirer ; ils ramenoient quinze blessés et avoient perdu plusieurs chevaux. Cependant ils avoient réussi à déjouer le projet qu'avoit formé le capitaine Nicolas de s'emparer du dépôt de chevaux de remonte, suivant l'avis secret qu'en avoit reçu sir Charles Davenant, quoiqu'on ignorât quelles pouvoient être ses intentions définitives.

La suite des événemens fit voir que ce n'étoit qu'un dernier effort inspiré par le

désespoir. Le même soir, un peu avant
minuit, le capitaine Nicolas parut seul à la
porte du château, déclara son nom aux
soldats qui y étoient de garde, leur dit
qu'il venoit se rendre volontairement, et
pria l'un d'eux de remettre à sir Morgan
Walladmor un billet qu'il avoit préparé.
Ce billet n'étoit que pour lui demander
une entrevue de quelques instans, qui lui
fut accordée sur-le-champ. On le conduisit
dans la bibliothèque où étoit sir Morgan,
et les deux gardes qui l'accompagnoient
eurent ordre de garder la porte en dehors.

Édouard Nicolas commença par rappeler rapidement son ancienne liaison avec
miss Walladmor; elle avoit été rompue;
il n'en blâmoit personne : c'étoit une suite
du malheur qui l'avoit poursuivi depuis
sa naissance. Cependant en rentrant dans
le comté de Mérioneth après une longue

III. 7

absence, et ayant sans cesse sous les yeux
la perspective d'être reconnu et arrêté, il
avoit désiré avoir une entrevue avec miss
Walladmor; il lui avoit écrit plusieurs
fois à ce sujet, et n'en ayant reçu aucune
réponse, ce silence, qu'il ne pouvoit
concilier avec la bonté du cœur de miss
Walladmor, lui avoit paru devoir être
attribué à l'influence de sir Morgan, et
peut-être à la présence de sir Charles
Davenant au château. Il avoit craint que
sir Charles n'eût renouvelé ses prétentions à la main de miss Walladmor, et
peut-être avec plus de succès; il avoit
donc pris la résolution, inspirée par le
désespoir, de forcer l'entrée du château,
et de supplier celle qui occupoit toutes
ses pensées de lui accorder une entrevue
particulière avant qu'il fût trop tard pour
qu'il pût l'obtenir. Pour exécuter ce plan,
il falloit qu'il attaquât les dragons; mais
il n'avoit pas assez de chevaux pour espé-

rer de le faire avec succès ; il avoit donc
conçu le projet de s'emparer de ceux qui
étoient en dépôt dans les environs. Il ne
savoit comment ce plan avoit été révélé à
sir Charles Davenant, mais enfin il se
trouvoit déconcerté ; et, la vie ne lui of-
frant plus ni attraits ni espérance, il venoit
se livrer au gouvernement, pour qu'il lui
fît faire son procès comme coupable de
haute trahison. Il avoit mille moyens de
s'échapper, soit qu'il voulût quitter l'Angleterre, soit qu'il désirât y rester ; mais
à quoi bon les employer ? s'il restoit dans
le pays, il seroit sans cesse en danger de
tomber entre les mains du gouvernement;
s'il s'en éloignoit, c'étoit renoncer à tout
espoir de voir jamais miss Walladmor, et
sans cet espoir la vie n'avoit aucun prix
pour lui. Il finit par assurer sir Morgan
que si on l'enfermoit partout ailleurs qu'au
château de Walladmor, ce seroit exposer ses amis à la tentation de recourir à la

force ouverte pour le délivrer ; et que, si
on l'envoyoit dans une prison des environs, en la faisant garder par un détachement de troupes, ce seroit risquer d'oc-
casioner inutilement une effusion de sang.

Sir Morgan l'écouta avec surprise, et il
regrettoit presque que son devoir l'obligeât
à arrêter un homme qui se rendoit ainsi volontairement ; il ne pouvoit pourtant s'en
dispenser, et, jusqu'à ce que le gouvernement eût pu donner des ordres, il résolut de
le garder dans la tour du Faucon, où il or-
donna qu'on eût pour lui tous les égards
compatibles avec la sûreté de sa détention.
Pendant qu'il donnoit cet ordre, on pouvoit voir sur son visage l'intérêt et la pitié
que lui inspiroit son prisonnier : car, pour
un homme qui avoit autant de sensibilité
que de discernement, il étoit évident que
ce qui paroissoit devoir être le dernier trait
de la vie du capitaine Nicolas étoit un

acte de désespoir d'un amour aux abois ; il
sembloit que, ne pouvant s'approcher autrement de miss Walladmor, il avoit voulu
entrer au moins dans sa maison en qualité
de prisonnier. En se rendant à la tour du
Faucon, il regarda à toutes les portes et à
toutes les fenêtres, dans l'espérance de
l'entrevoir un instant ; mais cette espérance
fut déçue. Cependant quelque romanesque
que puisse paroître cette consolation, il
éprouva quelque joie dans sa prison soli-
taire, en songeant que, pour la première
fois de sa vie, il alloit reposer sous le
même toit que miss Walladmor.

~~~~~~~~~~~~~~~~~~~~~~~~~~~~~~~~~~~~~~~~~~~~~

# CHAPITRE V.

« La roue a donc fini de décrire son cercle. »
SHAKSPEARE.

LE moment arriva enfin où la vie
d'Edouard Nicolas alloit dépendre du résultat d'une accusation de haute trahison.
Quinze jours après qu'il se fut constitué
prisonnier, une commission spéciale fut
nommée pour le juger ; et le procès fut
instruit dans la ville de Dolgelly.

De bonne heure dans la matinée, Bertram, qui avoit couché dans cette ville,

étoit à la porte du tribunal ; mais une foule immense l'assiégeoit déjà, ce qui lui parut surprenant dans une ville dont la population n'est pas considérable, et dont les environs ne sont pas très-peuplés. Il s'y trouvoit beaucoup de femmes qui regrettoient d'avance que la foudre cruelle des lois frappât, pour un crime aussi léger que celui de haute trahison, un jeune homme accompli, dont le bel extérieur, les manières engageantes et la protection qu'il accordoit toujours aux femmes quand il arrivoit qu'elles eussent quelques querelles avec les contrebandiers, avoient gagné tous les cœurs du sexe féminin, dans toute l'étendue du comté de Mérioneth. On voyoit aussi dans la foule quelques figures qui avoient un air d'humeur et de férocité : c'étoient des contrebandiers ou de leurs affidés ; et Bertram reconnut parmi eux quelques marins de *la Fleur-de-lys*, à la tête desquels se trouvoit le capitaine Le Harnois,

dont l'embonpoint prouvoit qu'il avoit été
miraculeusement guéri de sa consomp-
tion. Le capitaine étoit alors entouré de
plusieurs de ceux qui peu de jours auparavant avoient suivi ses obsèques. Bertram s'approcha le plus près qu'il le put
du noble parent de la maison de Montmo-
rency, qui étoit à causer avec une personne
immédiatement placée devant lui, et qui
sembloit comme écrasée sous la masse du
corps du capitaine.

— Comment vous nommez-vous? lui de-
mandoit Le Harnois; ne m'avez-vous pas
dit Bilberry?

— Je vous ai dit Dulberry, lui répondit
l'autre avec un ton de colère; Samuel
Dulberry, ci-devant manufacturier à Manchester.

— Ah, Dulberry! soit! Dulberry! Diable! croyez-vous que je veuille vous voler

votre nom ? Eh bien, Dulberry, écoutez-
moi bien. Vous êtes un heureux coquin,
vous n'avez pas à traîner une carcasse aussi
lourde que la mienne, et vous n'en êtes
que plus propre à servir de foret. Ainsi,
attention, Dulberry : dès que la porte s'ou-
vrira, prenez votre tête entre vos mains et
poussez en avant. Vous serez le coin, et
je serai le maillet. Ne vous avisez pas de
vouloir reculer, car, mort de ma vie! je
serai là. Songez à votre devoir; faites-moi
seulement un trou, et si je ne vous y fais
passer, je ne me nomme pas Le Harnois!

Quoique M. Dulberry n'approuvât peut-
être pas tout-à-fait le ton d'autorité du capitaine, ni son style figuré, qui, aux yeux
d'un homme qui avoit lu Blackstone, sembloit un peu trop confondre les choses et
les personnes; cependant, comme il entre-
voyoit quelque profit personnel dans cet
arrangement, il n'y fit aucune objection,

et se soumit à être l'humble clou poussé
par l'énorme maillet du capitaine Le-Har-
nois.

Il commença par rompre une phalange
de femmes qui céda sans résister, et qui,
se divisant comme les flots de la mer devant le navire qui la fend, chercha à se
réunir derrière sa poupe; mais le pro-
montoire Le Harnois empêcha la réunion,
il fallut le doubler, et il se trouvoit derrière lui tant de marins de *la Fleur-de-lis*
que les deux rivières femelles furent obli-
gées d'aller bien loin avant de pouvoir mê-
ler leurs eaux. Un moment après, les portes
de la cour s'ouvrirent : le flux s'y précipita
avec impétuosité, et Bertram, qui s'étoit
maintenu à peu de distance du capitaine,
fut entraîné par le courant, et se trouva
placé dans un coin près d'une porte conduisant dans une pièce voisine, et, comme
il s'y trouvoit deux marches, il monta sur

la seconde, d'où il dominoit sur tout l'auditoire.

Il vit alors que le capitaine Le Harnois avoit parfaitement rempli la promesse qu'il avoit faite à M. Dulberry de le pousser en avant; car le réformateur étoit arrivé au premier rang des places destinées au public, et avoit été obligé d'entourer de ses bras un pilier pour se garantir des effets de la pression. Le capitaine à son tour embrassa entre les siens le pilier et le patriote radical, qui se trouva alors fort mal à l'aise; et, quoiqu'il se fût soumis sans murmurer au capitaine, tant qu'il avoit cru qu'ils avoient un intérêt commun, Bertram vit, aux regards courroucés du pauvre réformateur, qui tournoit la tête à chaque instant, que cette prison de nouvelle espèce ne lui convenoit pas, et qu'il cherchoit à se venger de cette détention arbitraire en débitant une tirade éloquente sur les droits de l'homme et la grande charte. Il étoit également évident que le capitaine étoit dans un grand embarras pour s'expliquer le jargon tout nouveau pour lui de M. Dulberry, dont il ne concevoit ni le but ni le sens, et qu'il ne savoit s'il devoit regarder comme un ramage amoureux ou comme un chant guerrier, la cargaison d'idées du noble capitaine ne comprenant que ces deux classifications.

Heureusement pour le maintien de la bonne intelligence entre le clou et le marteau, on commença en ce moment à faire des gageures à assez haute voix dans la salle sur les diverses circonstances de l'affaire dont on alloit s'occuper. On proposa dix contre dix que le prisonnier seroit acquitté, mais personne ne voulut accepter cette gageure. M. Dulberry s'écria qu'il l'auroit tenue, si les jurés n'avoient été

nommés par l'influence du gouvernement;
trois contre quatre que le jugement seroit
prononcé avant midi, et peu de personnes
l'acceptèrent ; dix contre sept que le juge
ne bâilleroit pas plus de six fois avant la
péroraison de l'avocat qui devoit parler
contre le prisonnier, et ce fut le pari qui
fut le plus généralement accepté; mille
contre un que l'accusé ne montreroit aucun
symptôme de crainte pendant tout son
procès : malgré l'immense différence des
chances, on ne voulut pas même écouter cette
proposition, tant le caractère de fermeté
imperturbable du capitaine Nicolas étoit
bien établi.

En ce moment, un murmure général
annonça le commencement d'un intérêt
plus profond, et un bruit de chevaux qu'on
entendit au dehors proclama l'arrivée d'un
détachement de dragons qui amenoit le
prisonnier du château de Walladmor. Ber-

tram ferma les yeux pour se garantir du
choc qu'il prévoyoit que lui feroit éprouver la vue du capitaine Nicolas ; et, quand
il les rouvrit, la séance étoit ouverte, le
prisonnier étoit debout devant la barre, et
l'avocat qui lisoit l'acte d'accusation le
commençoit par la formule d'usage dans
tous les cas de haute trahison, et accusoit Edouard Nicolas d'avoir pris les
armes contre notre seigneur souverain le
roi.

L'air serein et tranquille du prisonnier
frappa et intéressa plus ou moins tous les
spectateurs. Cependant Bertram crut remarquer qu'il sembloit plus soucieux et
plus abattu que la dernière fois qu'il l'avoit
vu. Il faisoit pourtant bonne contenance,
et l'on ne voyoit en lui que les symptômes
d'une forte santé et d'un courage indomptable luttant contre quelques souffrances
d'esprit.

Le procès fut conduit suivant les formes
ordinaires, mais il marcha avec une rapidité peu commune, le prisonnier n'ayant
ni récusé aucun juré, ni fait paroître aucun témoin à sa décharge. Le poursuivant
peignit le crime de l'accusé sous les plus
noires couleurs, et appuya sur ses talens
extraordinaires qui le rendoient doublement dangereux, soit à la tête de gens
armés, soit comme chef d'une populace
soulevée. Des témoins, assez bien d'accord
entre eux, quant au fond, déclarèrent
qu'Edouard Nicolas leur avoit fait quelques
propositions dont le but étoit de s'emparer du château d'Harlech. On prouva la
prise d'un faubourg de cette place ; et alors
le juge demanda à l'accusé ce qu'il avoit à
dire pour sa défense.

Avec son sang-froid ordinaire et du
ton de la meilleure humeur, excepté quand
il parloit de l'avocat qui avoit porté la pa-

role contre lui, Nicolas prononça le discours suivant :

— Milord juge, et messieurs les jurés,
je serois fâché de parler avec un ton de
légèreté d'une accusation que je vois que
vous traitez avec beaucoup de solennité. Je
vois qu'ici l'accusation de haute trahison est
une affaire très-grave, quoique je l'aie vue
ailleurs aussi commune et aussi triviale
qu'une demande en dommage pour quelques coups reçus dans une querelle. Quoi
qu'il en soit, je me flatte que je puis, sans
offenser personne, parler sans beaucoup
de gravité des efforts qu'a faits le docte
avocat qui a porté la parole contre moi,
pour aggraver le crime dont il m'accuse en
me représentant comme ayant été engagé
dans une entreprise qui a ébranlé le trône
du roi d'Angleterre.

Moi, ébranler le trône du roi d'Angleterre! Messieurs, je n'ai pas la vanité

de m'en croire capable; et il faut que vous m'excusiez si je ne puis m'empêcher de rire d'une telle accusation. Je suis très-assuré qu'il n'a jamais été en mon pouvoir, ni en celui de personnes beaucoup plus puissantes, d'alarmer un si grand prince. Nous savons tous que, si les rois de la terre s'assembloient en congrès pour menacer le roi d'Angleterre, il leur seroit difficile de trouver des expressions capables de le faire pâlir.

Quant à Harlech, Messieurs, vous devez connoître cette place. On dit qu'un village situé sur la côte, à peu de distance d'Harlech, où l'on va prendre des bains de mer, Barmouth, a quelque ressemblance avec Gibraltar, et je crois effectivement que la ressemblance doit être foible; mais je puis vous assurer qu'Harlech n'en offre pas la moindre. Ce château est aussi diffé-rent de Gibraltar qu'il est possible, sous

7*

le rapport des fortifications et sous celui
de la garnison. Un crime de haute trahison
que pourroit commettre le vent d'ouest fait
courir tous les mois aux fortifications plus
de danger que je ne leur en ai jamais occasioné. Quant à la garnison, elle consiste
je crois, ou du moins elle consistoit à l'é-
poque dont il s'agit, en seize invalides; et
j'ose affirmer qu'avec cinq marins anglais,
tels que ceux que je déterminai autrefois à
quitter *le Bellerophon*, vaisseau de sa majesté britannique, pour entrer au service
d'une république de l'Amérique méridionale, je répondrois de me rendre maître du
château d'Harlech en dix minutes. Je ne
doute pourtant pas, Messieurs, que le roi
d'Angleterre ne pût trouver dans ses troupes
cinq autres hommes, qui, en vingt autres
minutes, nous brûleroient la barbe, et le
reprendroient peut-être.

Je vois, Milord, que vous n'approu-

vez pas ce genre de défense dans un accusé.
Permettez-moi donc de vous dire, sans
autre préambule, que, quoique j'aie tout
le respect possible pour le roi d'une si
grande nation, et que j'eusse été fier de
servir sous ses drapeaux, cependant, comme
je ne suis pas à son service et que je n'y ai
jamais été, je crois qu'il est difficile de dire
que je lui doive fidélité, et que j'aie commis un acte de trahison envers lui. J'ai la
vanité de me dire Anglais, et je crois quelquefois que je le suis véritablement; mais
j'ai plus d'attachement pour l'Angleterre
qu'elle n'a de droits à mes services : car
aussi loin que mes souvenirs peuvent se re-
porter, j'ai toujours vécu sur la mer, et peut-
être y suis-je né. Je parle anglais comme ma
langue naturelle, mais ce n'est pas une
preuve que je sois né en Angleterre, car
je parle espagnol et portugais avec la même
facilité. Bien loin d'avoir reçu aucune faveur du roi d'Angleterre, je proteste que

sa majesté britannique est presque le seul
potentat de l'Europe à qui, dans un temps
ou un autre, je n'aie pas fait serment d'o-
béissance et de fidélité. Cette assertion
peut paroître hardie dans la bouche d'un
homme de mon âge, mais c'est la vérité.
J'ai porté les armes dès mon enfance; j'ai
servi dans l'infanterie et la cavalerie; et,
quant à la marine, j'y suis entré si jeune,
que j'ai combattu sous le pavillon de toutes
les puissances maritimes de la chrétienté.
Je ne vois donc pas comment on pourroit
me regarder comme sujet de l'Angleterre;
et, si je voulois imiter le langage ampoulé
du docte ennemi qui vient de faire feu de
toutes ses batteries contre moi, je pourrois demander à être considéré comme
une puissance étrangère ayant fait une invasion dans les domaines du roi d'Angleterre pour s'emparer de son château d'Harlech, et que la fortune de la guerre a fait
tomber entre ses mains. En ce cas, le docte

avocat voudra bien se rappeler que , si la
déclaration des jurés me rend la liberté ,
j'aurai droit de le considérer comme un
allié de ce monarque, et de le traiter en
ennemi partout où je le rencontrerai sur
terre et sur mer.

Mais pardon , Milord , je m'aperçois
que je retombe dans le style qui vous
a déjà offensé. Accusez-en le mauvais
exemple que m'a donné le docte avocat qui
vient de parler contre moi, et qui auroit dû
savoir mieux que moi quelle est la manière
décente de s'exprimer devant une cour de
justice. Je tâchois de prouver qu'on ne
peut me considérer tout-à-fait comme sujet du roi d'Angleterre ; ou , si par hasard
je le suis , c'est ce que ni lui ni moi nous
ne pouvons savoir.

J'ajouterai à cela deux remarques : la
première, c'est que j'ai eu le malheur d'être

élevé par un des pirates, et que par conséquent je n'ai pas été habitué au respect
pour les lois et les institutions civiles de la
société : circonstance que je désire avoir
son poids pour influer, non sur votre déclaration , Messieurs les jurés, mais sur le
jugement que les hommes charitables por-
teront ensuite sur mon caractère. La seconde, c'est que vous ne devez avoir aucun
égard à l'assertion que le docte avocat s'est
permis de faire, que j'étois lié avec des
meurtriers, et que je regardois avec indif-
férence l'effusion du sang humain ; car il
n'en a pas rapporté la moindre preuve.
Comme ayant porté les armes au service
d'une honorable république, je repousse
ce reproche avec indignation. Jamais je
n'ai versé le sang humain autrement qu'en
combattant, ou pour ma défense person-
nelle. Je pourrois prouver au contraire
que, même en ce pays, j'ai quelquefois
sauvé la vie des autres au risque de la

mienne ; mais je m'abstiendrai d'en parler,
parce que je rougirois de paroître aux yeux
de certaines personnes, vouloir faire va-
loir un service que je rendrois encore au
prix de mille fois ma vie. Que cette circonstance soit utile à ma mémoire ; je ne
demande pas qu'elle le soit à ma cause.

C'est dans cette vue que je viens de
vous faire ces deux observations. Je les
soumets à votre attention, non comme accusé placé à la barre d'un tribunal, mais
en homme qui, par égard tant pour lui-
même que pour ceux qui l'ont honoré de
quelque estime, n'est pas insensible à l'o-
pinion qu'on aura par la suite de son caractère. La première est une considération
qui aura tout son poids sur l'esprit des
personnes de bonne foi ; la seconde est
tout au moins aussi forte que l'assertion à
laquelle elle sert de réponse : c'est la seule
défense que je puisse opposer à une accu-

sation vague, et qui n'est appuyée sur
aucune preuve.

Maintenant, Messieurs les jurés,
permettez-moi de vous dire pourquoi je ne
vous offre aucun moyen pour déterminer
votre déclaration en ma faveur. En point
de fait, j'entrevois, d'après le discours du
docte avocat, que je n'ai presque rien à al-
léguer : car je comprends que la question
que vous avez à décider, est de savoir si
j'ai guerroyé contre la garnison de seize
invalides, placés par sa majesté britannique pour défendre son château d'Harlech. Depuis l'époque de cette guerre
d'Harlech, j'ai été présent à tant d'entreprises plus importantes dans l'Amérique
méridionale, que je ne puis me rappeler
toutes les circonstances de celle qui est le
principal sujet de l'accusation portée
contre moi, et il est possible que je
confonde les unes avec les autres ; mais,

quant au fait principal de cette expédition contre Harlech, je crois que les témoins qui ont été entendus l'ont assez bien établi. Il est très-vrai que quelques-uns d'entr'eux ont fait leur déclaration en termes peu militaires, et ont paru s'être fait une idée exagérée de l'importance de cette guerre ; mais quant au fond ils ne se sont pas trompés, et ils ont fixé les dates assez correctement. Je n'ai nulle envie de faire venir des témoins pour attaquer leurs connoissances en histoire, en géographie, en chronologie ; je leur accorde toutes celles auxquelles ils peuvent prétendre, en exceptant toujours la tactique, science dans laquelle ils auroient certainement besoin de quelques leçons. Je sais que j'ai le droit de leur faire subir un contre-interrogatoire, mais ils ont sans doute besoin de dîner, et je ne voudrois pas m'exposer à être jugé peu charitablement par des hommes si respectables, en

III.                                          8

les retenant davantage ; vous-mêmes ,
messieurs les jurés, si vous permettez une
plaisanterie à un soldat qui va vous quitter,
je suis sûr que vous voudriez être à la
chasse par une si belle journée ; et j'avoue
que moi-même je serois disposé à voir de
mauvais œil un prisonnier qui me force-
roit à rester plus long-temps qu'il ne seroit
nécessaire sur le banc des jurés ; quant
au docte avocat , c'est dans cette cour
qu'il fait ses parties de chasse , et je n'ai
pas dessein d'augmenter son plaisir en ru-
sant comme un renard. Je ne chercherai
pas même à me prévaloir de ce que l'acte
d'accusation ne contient pas mon véritable
nom, qu'il auroit dû chercher à connoître
avant de le rédiger, ce qui m'auroit rendu
un vrai service; mais ce n'est pas de lui
que je dois en attendre. C'est vous , messieurs les jurés, qui êtes les arbitres de
mon destin, et si je désirois obtenir de
vous une déclaration favorable , il me

semble que le meilleur moyen que je pourrois adopter dans un cas aussi désespéré que le mien seroit de vous donner le moins d'embarras possible.

Mais, Messieurs, je vous dirai en finissant que je ne désire pas que votre déclaration me soit favorable. Si je l'avois désiré, je ne serois pas ici; car j'avois cent moyens d'éluder toutes les poursuites; et je me suis livré volontairement. Et pour qu'on ne se méprenne pas sur mes motifs, pour qu'on ne s'imagine pas que ce soit une mauvaise conscience ou des habitudes dépravées qui m'ont inspiré le dégoût de la vie à un âge si peu avancé, la vérité est, et que ce soit une excuse pour le ton d'insouciance et, comme vous le pensez peut-être, de légèreté que je puis avoir pris quelquefois en vous adressant la parole; la vérité est, dis-je, que tous mes désirs dans le monde tendoient vers un seul but;

que, d'après le malheur auquel j'ai été
en butte depuis ma naissance, il ne me reste
aucun espoir de l'atteindre; et que par conséquent la vie n'a aucun prix pour moi,
et l'on ne peut me priver de rien à quoi
je sois plus disposé à renoncer.

Le juge prit alors la parole.

— Messieurs les jurés, dit-il, le devoir
que vous avez à remplir est parfaitement
clair, et je n'ai pas besoin de vous l'indi-
quer. Mais, comme il se trouve dans cette
affaire trois points qui pourroient vous em-
barrasser, je dois entrer dans quelque ex-
plication à ce sujet.

D'abord, le prisonnier a donné à entendre qu'il est désigné dans l'acte d'accusation sous un nom qui n'est pas le sien;
mais les témoins ont suffisamment prouvé
que les noms Edouard Nicolas sont ceux
sous lesquels il est généralement connu;

et par conséquent cette considération ne
doit pas vous arrêter. Il a ensuite allégué
qu'il n'est pas sujet de la couronne d'Angleterre; si ce fait est vrai , c'étoit à lui à
en rapporter la preuve, et il n'en a donné
aucune. Mais, quand même il en eût donné,
il faudroit, pour qu'elle lui fût utile, qu'il
justifiât en outre d'une commission à lui
donnée par quelque puissance belligérante
pour attaquer ce pays, ce qui est impossible puisque cette attaque a eu lieu à
une époque de paix générale. Enfin vous
pouvez avoir entendu dire que le prisonnier a l'esprit égaré ; ce qui n'est pas impossible , quoiqu'il résulte de toutes les
dépositions que vous avez entendues que
c'est un homme doué de talens aussi extraordinaires que variés. On peut même dire
que certaines parties du discours qu'il vient
de vous adresser, et qu'il ne veut pas appeler une défense, donnent un certain
poids à cette supposition. Mais comme au-

cune preuve directe n'en a été produite,
vous ne devez pas vous occuper sur ce
point, auquel vous pouvez être sûrs qu'on
donnera ailleurs toute l'attention convenable. On doit aussi quelque indulgence
au prisonnier, à cause de la malheureuse
éducation qu'il a reçue dans sa jeunesse,
quoique ce ne soit pas dans cette vue qu'il
en a parlé. Cette considération ne sera pas
oubliée ailleurs, mais elle ne doit pas influer
sur votre déclaration.

La seule question que vous ayez à résoudre, Messieurs, est donc de savoir si
le prisonnier a commis un acte portant le
caractère de haute trahison. Deux témoins
ne sont pas d'accord sur la date d'un inci-
dent particulier : si vous attachez quelque
importance à cette contradiction, vous devez en faire profiter le prisonnier. Quant
au fait principal, il ne l'a pas nié, et il n'a
rien dit qui doive le faire envisager sous

un autre point de vue que celui sous lequel
il est représenté dans l'acte d'accusation.
Il s'est borné à tâcher de rabaisser la force
du château d'Harlech, ce qui n'a aucun
rapport à la question: car une place peut
être foible en elle-même, et être réputée
forte ; et, à une époque de fermentation
politique, on peut en s'en emparant porter le peuple à l'insurrection, et faire autant de mal qu'en auroit produit la prise
d'une place plus forte. Cette circonstance
ne change donc rien à l'affaire. Vous n'a-
vez à résoudre que la question que je viens
de vous soumettre, et si votre conscience
y répond affirmativement, vous ne devez
pas hésiter à déclarer l'accusé coupable.

Après le discours du juge, les jurés pas-
sèrent dans une chambre voisine pour
délibérer.

Mais pendant qu'ils sont en délibération,

voyons ce qui se passoit au château de Walladmor.

Après avoir dîné, sir Morgan s'étoit retiré dans sa bibliothèque. Le jour commençoit à tomber, et il ne s'en apercevoit pas, tant il étoit occupé de l'affaire d'Edouard Nicolas. Ses talens, sa jeunesse, plusieurs traits de générosité qui étoient venus à la connoissance de sir Morgan, plaidoient puissamment dans son esprit en faveur de cet infortuné, et le bon vieillard éprouvoit un véritable regret d'avoir été obligé de le livrer à la justice, car il ne doutoit guère qu'il ne fût condamné, et il réfléchissoit sur les moyens qu'il pourroit employer pour obtenir une commutation de peine.

Tout à coup la porte s'ouvrit, une personne marchant sans bruit et sur la pointe des pieds entra dans la chambre, et sir

Morgan levant la tête vit devant lui
Gillie Godber. Comme elle jouissoit du
privilége d'aller partout où bon lui sembloit, sir Morgan, en toute autre occasion, n'auroit pas été très-surpris de
la voir; mais il remarqua en elle quelque
chose d'extraordinaire qui attira son attention. Elle avoit l'air plus doux ou plutôt
plus hypocrite que de coutume : mais ses
yeux brilloient d'une joie féroce, et l'on
voyoit qu'elle avoit quelque projet inspiré
par la haine et la méchanceté. Sir Morgan
lui fit signe de s'asseoir, mais elle se faisoit
un point d'honneur de ne recevoir ni fa-
veurs, ni politesses du château de Walladmor; elle n'eut pas même l'air de faire
attention à ce signe, et appuya ses mains
sur le dossier d'une chaise.

— Eh bien, sir Morgan Walladmor, dit-
elle, voilà donc Edouard Nicolas en jugement ?

— Oui, répondit sir Morgan, et fasse
le ciel qu'il en sorte heureusement !

— Ah! ah ! s'écria-t-elle avec un sourire amer, vous ! souhaiter qu'il en sorte
heureusement ! Les temps sont bien chan-
gés à Walladmor ! Quoi ! vous faites ce
souhait pour un contrebandier ?

— Oui, mistress Godber ; même pour
un contrebandier ; mais le capitaine Nicolas n'en est pas un.

— N'en est pas un! il a été chef de contrebandiers, et qui plus est, il est coupable
de trahison envers le roi.

— Qu'il en soit coupable ou non, c'est
ce que nous ne savons pas encore, mistress
Godber; la déclaration du jury nous l'ap-
prendra. Mais comme chef de contrebandiers, il a du moins pour excuse sa malheureuse situation et sa jeunesse.

— De pareilles excuses ne servoient à

rien, il y a vingt-quatre ans, sir Morgan.

— Je le sais, mistress Godber, et j'en ai bien du regret.

— Ah! ah! oui dà! dit-elle en cherchant à réprimer l'expression d'une joie féroce ; en êtes - vous vraiment arrivé-là? Oui, oui; un ver, un pauvre ver de terre, peut se redresser quand on le foule aux pieds, et le ver peut se changer en vipère. Dieu envoie des vipères à ceux qui en ont besoin. Montrant alors les armoiries de la maison de Walladmor qui étoient sculptées sur le dossier des chaises, elle ajouta :— La vipère, sir Morgan, ma vipère, ma jolie vipère, sir Morgan Walladmor, elle a piqué votre colombe et vos faucons.

— Il n'est que trop vrai! dit sir Morgan en soupirant profondément.

— Oui, oui, elle les a piqués. C'étoit par

une nuit d'été ! une nuit superbe ! Oh !
que la vengeance est douce, sir Morgan !
Qu'elle est douce ! N'est-il pas vrai, sir
Morgan Walladmor ?

— A Dieu ne plaise ! Mais si vous la
trouvez douce, vous l'avez bien goûtée.

— Oui, oui ; mais pas encore assez.
Nous ne sommes pas encore sur notre lit
de mort, sir Morgan ; et, avant ce temps,
la vipère peut encore piquer ; elle piquera
encore, sir Morgan. Et comment croyez-
vous que tout cela finira ?

—Si vous parlez de notre lit de mort,
mistress Godber, j'espère que tout finira
par la paix, la charité chrétienne et le pardon mutuel. Foibles créatures que nous
sommes, le meilleur de nous a besoin de
pardon, et le plus coupable, qui se re-
pent, ne le demandera pas en vain.

Après un moment de silence, il ajouta
d'un ton solennel :

— Vous avez aussi besoin de pardon ,
mistress Godber.

Elle fixa les yeux sur lui avec attention,
en tirant de sa poche deux paquets d'iné-
gale grosseur. Elle ouvrit le plus petit, qui
ne contenoit que quelques lettres , et les
déposant sur la table elle dit en les frap-
pant fortement de la main : — Lisez ces
lettres quand il vous plaira, sir Morgan
Walladmor ; elles ont été écrites par le
capitaine Donneraite et par Winifred
Griffiths.

Sir Morgan trembla de tous ses membres , et avança la main pour prendre
ces lettres ; mais au même instant un
grand bruit de chevaux se fit entendre
dans la grande cour , sur laquelle donnoient les fenêtres de la bibliothèque ; et
les torches que portoient les dragons dis-
sipèrent les ténèbres qui y régnoient, car

la nuit étoit arrivée. Les yeux de sir Morgan rencontrèrent ceux de Gillie Godber, et il frémit de l'expression qu'il y remarqua.

Cependant elle ouvroit le second paquet, et elle lui dit d'un ton presque impérieux : — Approchez ! suivez-moi !

Il la suivit presque machinalement près de la croisée, et elle lui montra à la lueur des torches une petite robe d'enfant, qu'il reconnut pour une de celles que portoient ses fils le jour de leur enlèvement. Il ne pouvoit s'y méprendre, car il en reconnut la marque, les armoiries de la maison de Walladmor.

— Comment cela se trouve-t-il entre vos mains, mistress Godber ? lui demanda-t-il en cherchant à maîtriser son émotion. Mais au même instant, voyant entrer sir Charles Davenant, il se tourna vers lui, et lui demanda d'un ton vivement agité :

— La déclaration, sir Charles, quelle est la déclaration ?

— COUPABLE. La sentence a été prononcée ; et le jugement doit être exécuté mercredi prochain.

Sir Morgan se retourna vers Gillie Godber ; et, prenant une de ses mains flétries entre les siennes, il lui dit du ton d'un homme qui demande à être délivré d'un affreux tourment, mais si bas qu'elle seule put l'entendre :

— Au nom du ciel, mistress Godber, et si vous désirez rejoindre un jour le fils que vous avez tant chéri, dites-moi où est le malheureux enfant qui a porté autrefois ce vêtement?

Elle retira lentement sa main, sourit

d'un air de triomphe et regarda dans la
cour. Les dragons s'étoient rangés sur
deux lignes, allant de la grande porte à
celle qui conduisoit dans la tour du Faucon. La voiture du shérif venoit d'arriver,
le prisonnier en descendoit et étoit éclairé
par la lumière des torches. Elle respira
avec force en produisant un bruit semblable au sifflement d'un serpent, serra
ses mains l'une contre l'autre avec cet air
de satisfaction qui annonçoit qu'elle sa-
vouroit enfin complétement la douceur
de la vengeance, et, étendant les deux bras
vers Edouard Nicolas, elle prononça avec
emphase ce seul monosyllabe : — LA !

Sir Morgan tomba sur le plancher
comme un homme frappé du tonnerre. On
le transporta dans son appartement; mais,
malgré tous les secours qu'on lui prodi-
gua, il se passa bien long-temps avant
qu'il reprît connoissance.

~~~~~~~~~~~~~~~~~~~~~~~~~~~~~~~~~~~~~~~~~~~~~~~~~~~~~~~

# CHAPITRE VI.

« Voyez! prenez ce sabre!
C'est moi qui l'ai tiré ; frappez, ne craignez rien.
Asile d'un amour sans espoir, sans soutien,
Mon cœur ne contient plus que chagrin et détresse.»

SHAKSPEARE.

Ce fut ainsi qu'Edouard Walladmor, car nous pouvons maintenant nommer ainsi le capitaine Nicolas, fut ramené dans le château de son père et de ses ancêtres comme prisonnier condamné à mort. Mais sa nouvelle qualité n'étoit connue que de Thomas Godber, que sa mère en avoit instruit, sans en avoir l'intention, en se livrant aux transports de sa

8*

joie frénétique, dans un moment où elle
étoit seule avec lui. Elle ne vouloit rendre
ce secret public qu'après l'exécution; mais
sa soif implacable de vengeance n'avoit
pu attendre si long-temps pour jouir de
son triomphe diabolique en présence de
sir Morgan ; et elle avoit même oublié
qu'en agissant ainsi, elle couroit le risque
de déjouer elle-même ses projets, puisqu'il étoit encore possible d'obtenir la
grâce du malheureux jeune homme qui
étoit victime de sa rage.

Le jour fixé pour l'exécution approchoit,
et rien n'annonçoit que le gouvernement eût
l'intention d'accorder au condamné un pardon absolu ou une commutation de peine.
Le jugement avoit été prononcé le jeudi ;
le lundi étoit arrivé ; le mercredi devoit
le voir monter sur l'échafaud , et l'on n'a-
voit pas même reçu de sursis à l'exécution.
Sir Morgan , en reprenant ses sens , après

l'affreuse révélation que lui avoit faite
Gillie Godber, avoit été attaqué d'une
fièvre cérébrale qui ne lui laissoit pas un
instant de raison, et par conséquent il n'a-
voit pu faire aucune démarche pour sauver
les jours de son malheureux fils. En général
on prenoit beaucoup d'intérêt au sort du
prisonnier, et l'on disoit hautement que ce
seroit un acte de cruauté impardonnable
de la part du gouvernement, s'il souffroit
que la sentence fût mise à exécution. Les
amis même de sir Morgan partageoient
ce sentiment; mais, ignorant qu'il tenoit
de si près par les liens du sang au malheureux condamné, ils se bornoient à espérer
que la clémence royale exerceroit à son
égard un acte de merci, et ne songeoient
pas à l'invoquer en sa faveur.

Cependant il y avoit des cœurs qui battoient pour Edouard Walladmor, des
bras qui se préparoient en silence à agir

pour le délivrer. La nouvelle de son arrestation avoit eu le temps d'arriver dans les
Pays-Bas ; on y apprit dans quel endroit il
étoit détenu , et l'on ne douta pas du sort
qui l'attendoit. Sur-le-champ, un bâtiment
dont le capitaine et tout l'équipage avoient
servi autrefois sous Edouard Walladmor
sortit du port d'Anvers, et fit voile pour les
côtes septentrionales du pays de Galles. Le
lundi matin il eut quelques communications avec le rivage, et, lorsque la nuit fut
tombée , il vint jeter l'ancre dans la petite
baie de Walladmor.

Quiconque auroit connu la force du
château, et auroit vu les dispositions prises
par le shérif , auroit pourtant pu raison-
nablement désespérer d'une délivrance qui
ne pouvoit s'effectuer que par la force. Le
château , défendu par une garnison telle
que celle qui s'y trouvoit alors, étoit en état
par lui-même de faire quelque résistance ;

mais la tour du Faucon, avec ses portes
de fer, et l'arche étroite de granit qui y
conduisoit, pouvoit être regardée comme
imprenable, à moins d'en faire le siége
avec une armée et un train d'artillerie.

Comptant sur cette force, le shérif, res-
ponsable du prisonnier, à la disposition
duquel sir Charles Davenant avoit mis ses
soldats, avoit cru inutile de prendre d'autres
précautions que de fermer toutes les portes
de la tour et de placer une garde de cinq
hommes dans la petite chambre qui communiquoit avec l'espèce de pont formé par
la langue de roche minée par les flots. Il étoit
impossible que le prisonnier tentât de s'évader ; on n'avoit à craindre aucune alarme
soudaine de ce côté ; le shérif permit donc
aux cinq gardes de se reposer alternative-
ment, et leur donna pour consigne de ne
laisser entrer personne dans la tour du
Faucon, sans un ordre par écrit, signé

de lui-même ou du lord lieutenant. Une sentinelle fut placée près de la grande porte, dans l'intérieur du château, et reçut ordre, en cas d'événemens imprévus, de sonner la grosse cloche de la chapelle.

Tel étoit l'ordre qui avoit été établi au château et qui fut régulièrement observé depuis le retour d'Edouard Walladmor, le soir du jour de son jugement jusqu'au lundi „ jour auquel nous sommes arrivés. Minuit venoit de sonner ; un profond silence régnoit dans tout le château, et le shérif, voyant que tout étoit également tranquille à l'extérieur, se retira dans sa chambre pour se livrer au repos.

Que faisoit le prisonnier pendant ce temps ? Il ignoroit le dessein qu'on avoit formé de le délivrer, et cependant il étoit plus tranquille qu'il ne l'avoit été depuis long-temps. Comparée à l'état dans lequel il se trouvoit quand il étoit venu se livrer

à sir Morgan Walladmor, la situation de
son esprit pouvoit s'appeler heureuse. Il
avoit appris que miss Walladmor, bien
loin de mépriser ses lettres, bien loin de
le dédaigner lui-même, comme il avoit
été porté à le croire, lui avoit exactement
répondu. Mais elle avoit confié ses réponses,
comme il l'y avoit invité lui - même dans
ses lettres, à Gillie Godber, qui les avoit
interceptées, dans le dessein de porter
Edouard Walladmor à quelque acte de
désespoir qui assurât sa perte. Quelques
communications qui avoient eu lieu à ce
sujet entre Grace Evars et Thomas Godber avoient fait naître des soupçons dans
l'esprit de celui-ci; il avoit fait une re-
cherche exacte dans une chaumière du voisinage où sa mère logeoit momentané-
ment; et, ayant trouvé ces lettres, il les
avoit remises à Edouard Walladmor, un
jour qu'étant de garde à la tour du Faucon,
il avoit été chargé de porter au prisonnier

sa nourriture. Edouard avoit reconnu en
les lisant quelle injustice il avoit faite à
miss Walladmor en la supposant capable
de lui retirer, dans l'affliction, une tendresse semblable à celle qu'il lui avoit accordée; et il fut assuré qu'il existoit au
moins un cœur, celui auquel le sien étoit
attaché par des nœuds indissolubles, qui
déploreroit son destin.

Thomas Godber lui avoit appris en même
temps qu'il étoit fils de sir Morgan, et de
quelle manière on l'avoit découvert. Cette
nouvelle avoit aussi contribué à le tran-
quilliser, en le délivrant du poids dont le
chargeoit la présomption avec laquelle il
avoit osé élever ses pensées jusqu'à miss
Walladmor, et en éloignant d'elle jusqu'à
l'ombre de la dégradation que des cen-
seurs rigides auroient pu lui reprocher. Il
sentoit même une joie secrète, une joie
que le cœur d'un amant peut seul appré-

cier, en songeant qu'il étoit son cousin ;
qu'il portoit le même nom qu'elle ; que
les liens du sang l'unissoient déjà à celle
qu'il aimoit. Ce que la mort avoit de plus
affreux pour lui, c'étoit l'idée qu'il ne la
verroit plus avant de mourir.

Ce dernier coup devoit du moins lui
être épargné. Edouard devoit revoir miss
Walladmor, et essuyer encore une fois
les larmes échappées de ses beaux yeux.
Elle devoit, dans cette courte entrevue, lui
donner des preuves de son affection plus
fortes et plus solennelles que jamais, et
mettre le sceau à la longue fidélité de son
cœur. Edouard Walladmor alloit apprendre, par une preuve dont le souvenir
devoit être en même temps doux et déchi-
rant, que l'amour d'une femme est le meilleur bouclier qu'on puisse opposer au
malheur ; et que dans les circonstances
extrêmes, dans les cas qui s'élèvent au-

III.                                           9

dessus de tout ce que les lois humaines
peuvent être supposées prendre en considération, la nature lui suggère une conduite qui n'a pas besoin de la sanction des
hommes.

Miss Walladmor avoit appris de Grace
la découverte que Gillie Godber avoit faite
de la naissance d'Edouard. La maladie de
son père le mettoit hors d'état de faire
aucune démarche pour obtenir sa grâce,
et, indépendamment de l'amour qu'elle
avoit pour son cousin, elle savoit que sir
Morgan ne pourroit que lui savoir gré de
tout ce qu'elle pourroit faire pour sauver
les jours de son malheureux fils; elle avoit
donc pris sa résolution sur-le-champ; un
plan avoit été adopté; tout étoit prêt pour
l'exécuter; il n'y avoit plus que le dernier
pas à faire; le moment en étoit arrivé; et
son cœur, que l'espérance avoit fait battre
jusqu'alors, trembla d'inquiétude et de

crainte, quand elle entendit sonner une heure du matin.

Deux minutes après que le son de la cloche avoit cessé de vibrer aux oreilles d'Edouard Walladmor, il avoit entendu un bruit de barres de fer et de verrous qui annonçoit qu'on ouvroit sa prison. Il entendit la clef tourner dans la serrure, la porte s'ouvrit, et, tandis qu'elle rouloit sur ses gonds rouillés, un rayon de lumière partant d'une lanterne sourde éclaira sa chambre, et il vit entrer Thomas Godber. Comment l'avoit – on laissé passer? sans aucune difficulté; il étoit porteur d'un ordre signé du lord lieutenant. Mais comment avoit – il été obtenu ? Peu importe ; une larme qui tomba des yeux d'Edouard quand il vit cet ordre, que Thomas lui montra, prouva qu'il connoissoit la belle main qui l'avoit tracé.

Thomas ferma la porte avec précaution,

et fit connoître sa mission en peu de mots.
Il remit à Edouard Walladmor, qu'on avoit
jugé inutile de charger de fers, un passe-
partout qui ouvroit toutes les portes par
lesquelles il devoit passer pour arriver jusqu'à la galerie de tableaux , à la première
fenêtre de laquelle une échelle de corde
avoit déjà été attachée. Un cheval , excellent coureur, avoit été caché dans un bos-
quet voisin du château; des marins bien
armés l'attendoient sur le rivage ; et, en
cas que quelque accident imprévu l'empê-
chât de gagner le bord de la mer, des re-
lais avoient été préparés du côté du sud
jusqu'après Dolgelly, et du côté du nord
jusqu'au delà de Banger-Ferry.

Le principal danger qui le menaçât se
trouvoit dans la petite chambre servant
de corps-de-garde. S'il y échappoit, il n'é-
toit pas vraisemblabe qu'il en rencontrât
aucun autre. Les soldats avoient été néces-

sairement éveillés par l'arrivée de Thomas Godber, et Edouard Walladmor seroit indispensablement retenu quelques instans pour ouvrir et fermer les deux portes,
ce qui pouvoit donner le temps de le re-
connoître. Cependant toutes les précautions
possibles avoient été prises. Edouard, le
jour de son jugement, avoit mis l'uniforme
qu'il portoit quand il étoit au service d'une
république de l'Amérique méridionale ; il
avoit encore le même habit, et il n'étoit
pas assez différent de l'uniforme de dragon
que portoit Thomas, pour ne pas pouvoir
tromper des yeux appesantis par le sommeil. Cependant, pour ne rien négliger,
Thomas avoit pris son manteau d'uniforme, et il le jeta sur les épaules d'E-
douard Walladmor. Ce manteau lui servit
aussi à cacher son visage ainsi qu'un sabre
et deux pistolets que Thomas lui remit.

Ces arrangemens terminés, Thomas le

conjura de ne pas perdre de temps, car il
étoit possible que le shérif fît une ronde à
deux heures, comme cela lui étoit arrivé
quelquefois. Mais Edouard avoit encore
une question à lui faire. Où étoit miss Walladmor ? La physionomie de Thomas
prouva qu'il s'attendoit à cette question ;
mais ses instructions lui prescrivoient de
l'éluder s'il étoit possible. Le cœur de miss
Walladmor l'avoit avertie qu'Edouard ne
voudroit point partir sans l'avoir vue, et,
comme le moindre délai augmentoit le
danger, elle avoit chargé Grace de faire
comprendre à Thomas qu'il devoit feindre
d'ignorer dans quelle partie du château
étoit situé son appartement, en lui permettant pourtant de le faire connoître en
cas de nécessité. Thomas n'étoit pas adepte
dans l'art de la dissimulation ; Edouard
s'aperçut aisément qu'il étoit plus instruit
qu'il ne vouloit le paroître ; il déclara positivement qu'il ne quitteroit pas le château

sans avoir vu miss Walladmor, et Thomas
se vit obligé de le satisfaire sur ce point.

Tout étoit prêt. Thomas prit la place du
prisonnier ; Edouard lui fit ses adieux en
lui serrant la main avec une vive et sincère
affection ; il s'enveloppa de son manteau, prit
la lanterne et les clefs, sortit de la tour du
Faucon, enferma la porte, traversa l'arche
qui servoit de pont, arriva à la porte du
corps-de-garde, et s'y arrêta un instant
avant de l'ouvrir. Lui qui naguère, se
croyant oublié par miss Walladmor, ne
conservoit aucune espérance, n'auroit pas
fait un seul pas pour conserver sa vie, il y
prenoit alors un bien grand intérêt ; car,
s'il traversoit cette chambre sans être reconnu, non-seulement il pourroit mourir
en soldat, mais il pourroit revoir miss
Walladmor. Il sentit que sa fermeté étoit
ébranlée malgré lui, que son cœur palpi-
toit, et il ne put s'empêcher de sourire en

voyant que sa main trembloit lorsqu'il l'a-
vança pour ouvrir la porte.

Il entra ; les cinq dragons étoient étendus par terre et paroissoient endormis. Cependant l'un d'eux s'éveilla, car il jura éner-
giquement contre celui qui interrompait
ainsi son sommeil : mais il ne leva pas la
tête ; et Édouard, passant avec précaution
au-dessus du corps des soldats, arriva à la
porte de sortie. Le secours des deux mains
lui devenant nécessaire pour l'ouvrir, il
mit la lanterne à terre : ce mouvement
entr'ouvrit le manteau qui lui couvroit le
visage, et découvrit des traits trop différens
de ceux de Thomas Godber pour en im-
poser aux yeux les moins clairvoyans. Un
petit bruit se fit entendre en ce moment
dans un coin de la chambre ; Edouard étoit
tout oreilles, et il tourna la tête de ce côté.
Un dragon venoit de se mettre sur son séant ;
ses grands yeux noirs étoient fixés sur lui

avec attention, et il souriait d'un air sus-
pect et qui annonçait qu'il l'avoit reconnu.
Au même instant le soldat se leva, et
Edouard Walladmor porta la main sur son
sabre. Mais le dragon s'avança vers lui en
continuant à sourire, mit un doigt sur ses
lèvres en lui faisant un signe d'intelligence,
et, s'étant approché de lui, lui dit à voix
basse : — Je vous connois, capitaine Nicolas; mais ne craignez rien, dépêchez-
vous.

C'étoit Kilmary, qui, depuis quelques
jours, s'étoit enrôlé dans les dragons.
Edouard Walladmor ouvrit la porte et sortit,
suivi pas à pas par le dragon. Ayant fermé
la porte avec soin, il se rendit avec son
nouveau compagnon dans la galerie de tableaux, le passe-partout qui lui avoit été
remis ouvrant toutes les portes qui se trouvoient sur son passage. En y entrant, il vit
à la première fenêtre l'échelle préparée

pour faciliter sa fuite. Voulant montrer quelque confiance à Kilmary, il la lui fit remarquer, et lui dit que, s'il désiroit lui être utile, il n'avoit qu'à descendre pour aller avertir les marins qu'il trouveroit sur le bord de la mer de se tenir prêts, attendu qu'il ne tarderoit pas à les joindre. Jugeant avec raison que cet homme n'avoit favorisé sa sortie du corps-de-garde que dans l'espoir de recevoir une bonne récompense, il lui mit en mains un des rouleaux de guinées que miss Walladmor lui avoit fait remettre par Thomas Godber, et lui recommanda la vigilance et la discrétion. Kilmary lui pro_ mit l'une et l'autre, lui fit de grands remer- ciemens, descendit par l'échelle de corde ; et Edouard, restant seul, continua à tra- verser la galerie pour se rendre dans l'ap- partement de sa cousine.

Son agitation s'étoit calmée ; un silence profond continuoit à régner dans tout le

château, et il se sentit assuré que rien ne
pouvoit maintenant mettre obstacle à son
entrevue avec miss Walladmor. En traversant la galerie, dont les murs étoient dé-
corés d'un grand nombre de portraits de
ses ancêtres, il en remarqua un sur lequel
les rayons de la lune tomboient à plein, et
dont l'expression le frappa. Il leva sa
lanterne pour l'éclairer encore davantage,
et vit que c'étoit le portrait d'une jeune
dame dont la beauté et l'air pensif l'in-
téressèrent vivement. Son costume étoit
riche, mais n'avoit pas un caractère assez
décidé pour qu'on pût dire à quel siècle
il appartenoit. Cependant il ne douta
pas qu'à quelque époque que ce fût elle
n'eût appartenu à sa famille; et il lui
sembla qu'elle le regardoit avec un air de
tendresse et de compassion. Hélas! c'étoit
effectivement le portrait de celle qui, vingt
trois ans auparavant, avoit jeté sur lui pendant une quinzaine de jours des regards

d'amour maternel. Il ne pouvoit le savoir ,
et pourtant cette idée se présenta à son
imagination pendant qu'il continuoit à
avancer dans la galerie.

Il suivit avec précaution et sans bruit le
chemin qui lui avoit été indiqué ; et arriva
enfin à la porte qui lui avoit été désignée
par certains signes comme étant celle de
l'appartement de miss Walladmor. Elle
étoit entr'ouverte, il la poussa doucement,
il n'y vit personne ; le silence y régnoit, et
une lampe brûloit sur une table. Il y entra,
s'avança vers la seconde , vit qu'il s'y trouvoit quelqu'un, et s'arrêta un instant sur le
seuil de la porte.

Combien il arrive souvent que l'œil se
fixe, sans le savoir, sur des objets muets
et inanimés qui , s'ils pouvoient parler,
rappelleroient des souvenirs tantôt bien
doux , tantôt déchirans ! C'étoit de cette
même chambre que , vingt-trois ans et demi auparavant ; une femme cruelle l'avoit

.enlevé , pendant que sa malheureuse mère
se livroit au sommeil. Il y voyoit encore le
sopha sur lequel elle avoit reposé , sur lequel elle avoit rendu le dernier soupir ,
et sur lequel étoit alors assise une jeune
dame en robe noire. Qui étoit-elle ? Cette
question auroit été inutile pour quiconque
auroit pu voir l'expression mêlée de ravis-
sement et de douleur qui brilloit dans les
yeux d'Edouard Walladmor.

Quelques instans auparavant, miss Walladmor étoit à sa porte , écoutant avec inquiétude si aucun bruit ne se faisoit entendre dans le château. L'excès de son
agitation lui permettant à peine de se soutenir sur ses jambes , elle étoit venue se
rasseoir sur son sopha en laissant ouvertes
les deux portes pour mieux entendre tout
ce qui se passeroit. Mais la fatigue d'esprit
qu'elle avoit éprouvée depuis quelques
jours l'avoit emporté, et , un bras étendu

sur une table, tandis que son autre main soutenoit sa tête, elle s'étoit laissée aller au sommeil. Ce sommeil n'étoit pourtant pas paisible, car il sembloit troublé par des rêves, et de temps en temps elle murmuroit : — Paix ! silence ! Quel bruit entends-je ? Eteignez les lumières, les voici ! Ne dites rien ! Quel gémissement ai-je entendu ? Edouard la contempla un moment en silence, et vit avec chagrin les ravages que l'affliction avoit faits sur tout son extérieur depuis la dernière fois qu'il l'avoit vue. La maigreur avoit succédé à son embonpoint naturel ; son visage avoit perdu toutes ses roses ; ses joues étoient creuses, et une larme couloit de temps en temps entre ses paupières.

Il s'assit près d'elle, lui prit la main qui reposoit sur la table et la baisa tendrement. Elle s'éveilla en sursaut, et tressaillit avec un air d'alarme.

—Avez-vous peur de moi, chère Geneviève ? lui demanda Edouard en la voyant se lever précipitamment.

— Oh! non, non, répondit-elle en reconnoissant son cousin ; et, lui souriant avec un air de confiance, elle reprit sa place près de lui sur le sopha.

Les mains jointes, les cœurs à l'unisson, et mettant en commun leurs larmes, leurs craintes et leurs espérances, ils avoient passé ainsi une heure qui ne leur avoit paru qu'une minute. Miss Walladmor commençoit à faire observer à son cousin qu'il étoit temps qu'ils se séparassent, quand le même avis fut répété par un signal plus alarmant. Le son de la grosse cloche de la chapelle se fit entendre tout à coup, et le bruit de plusieurs voix ne tarda pas à s'y joindre. Presque au même

instant, des coups bruyans comme les
éclats du tonnerre furent frappés à la
grande porte, comme si l'on eût travaillé
à l'enfoncer, et retentirent dans tout le
château.

Edouard garda le silence, et n'en parut
pas troublé. C'étoit un signal de séparation, peu lui importoit qu'il fût donné
par un ami ou un ennemi ; mais il pro-
duisit un effet terrible sur miss Walladmor. Elle tressaillit comme si elle eût été
surprise commettant un crime ; ses couleurs reparurent un moment sur ses joues,
et firent place ensuite à une pâleur mor-
telle. Elle restoit comme si elle eût été
une statue de glace, les mains levées vers
le ciel, les yeux fixés vers la porte : c'é-
toit la frayeur personnifiée, attendant une
sentence terrible et irrévocable.

Un nouveau bruit se fit entendre, un

bruit semblable à celui que produiroit la chûte d'un mur s'écroulant. Edouard Walladmor gémit profondément en voyant sa belle cousine debout devant lui comme pétrifiée, sans parole, sans mouvement, sans respiration ; ne donnant d'autre signe de vie que des tressaillemens spasmodiques qui agitoient sa poitrine et faisoient naître des convulsions sur ses lèvres C'étoit pour lui qu'elle souffroit ainsi, pour lui qui, dans un instant, dans un instant bien court, devoit la quitter pour ne la plus revoir.

Cependant le bruit augmentoit ; le vestibule du château retentissoit d'un tumulte effrayant ; on couroit dans les galeries et sur les escaliers ; les cris, les juremens, les malédictions, partoient de toutes parts ; et une décharge d'armes à feu rompit, d'une manière encore plus terrible, le silence de la nuit. Ce dernier bruit rendit la voix et le mouvement à miss Walladmor. Regardant toujours la porte avec un air de terreur, elle tendit la main à Edouard, et lui dit d'une voix étouffée semblable à celle d'une personne à l'agonie: — Venez ! venez ! venez ! Il se leva, et s'arrêta un instant Une sorte de pressentiment lui disoit qu'il valoit mieux qu'il sortît; mais il n'avoit ni le courage de résister à la douce main qui cherchoit à l'entraîner, ni la force de repousser la douce réflexion qu'il étoit sous la protection de miss Walladmor. Dans un pareil moment d'angoisse, quel bonheur d'être protégé, ne fût-ce que pour un instant, par la tendresse de celle à qui il avoit dévoué toutes ses facultés ! Il se laissa donc conduire, passivement, comme un enfant, et il la suivit dans son cabinet de toilette, où Grace étoit assise, tremblante et tout en pleurs.

— Courez, Grace, lui dit vivement sa

maîtresse en entrant ; fermez la première
porte, fermez-la bien, et ne l'ouvrez à
personne. La pauvre fille oublia toutes ses
craintes pour ne songer qu'à l'intérêt que
lui inspiroit l'état où elle voyoit miss
Walladmor, et courut pour exécuter ses
ordres. Edouard lui prit la main quand
elle passa près de lui, et la serra avec un
vif sentiment de reconnoissance.

Mais quelle étoit la cause de tout ce
bruit ? D'une part quelqu'un avoit découvert l'échelle, et avoit donné l'alarme. De
l'autre Kilmary avoit été trouver les marins qui avoient été débarqués sur le rivage
dans trois chaloupes, et leur avoit dit que
le capitaine Nicolas s'étoit échappé de la
tour du Faucon et alloit arriver à l'instant.
L'équipage, dont la majeure partie étoit com-
posée de nègres et de mulâtres qui avoient
servi en Amérique sous le capitaine, et qui
auroient donné leur vie pour leur ancien

commandant, attendit quelques minutes
avec patience ; mais enfin, craignant qu'il
ne lui fût arrivé quelque accident, ils se
mirent tous en marche vers le château,
armés jusqu'aux dents. Le silence y régnoit
encore quand ils y arrivèrent, et ils se
cachèrent le long des murailles ; mais,
dès que la cloche de la chapelle eut donné
l'alarme, ils se précipitèrent comme des
furieux sur la grande porte, qui céda bientôt à leurs coups multipliés. Ils se répan-
dirent alors comme un torrent dans la
grande cour, sous le vestibule, sur l'escalier, dans les galeries, appelant à grands
cris le capitaine Nicolas, et attaquant avec
rage tout ce qui se présentoit devant eux.
Le cliquetis des sabres, la détonation de
armes à feu, les cris des blessés, les gémis-
semens des mourans, arrivoient jusqu'aux
oreilles d'Edouard : il sentit que chaque
vie sacrifiée dans cette attaque étoit une
victime qui lui étoit immolée ; rester plus

long-temps dans l'inaction , c'étoit mettre
en danger le château de son père , tout ce
qui s'y trouvoit, et les amis qui venoient
pour le secourir.

Il donna à la hâte un baiser d'adieu à
miss Walladmor, essuya ses larmes encore
une fois, et, traversant à grands pas les trois
chambres, ouvrit en frémissant la dernière
porte, qui donnoit sur le palier du second
étage du grand escalier, placé à l'extrémité d'un immense vestibule, et vit le
spectacle de la tragédie sanglante qui s'y
jouoit. Des volumes de fumée s'élevoient
au plafond, et formoient un brouillard à
travers lequel on voyoit la lumière lugubre
des torches qui éclairoit les nègres, les mulâtres et les dragons combattant avec achar-
nement sur un escalier dont les marches
ruisseloient déjà de leur sang. La même
scène se passoit dans tous les corridors qui
y aboutissoient , et l'on voyoit étendus çà

et là les corps des blessés, des morts et mourans.

Un tel moment exigeoit de la fermeté et de la présence d'esprit, et il rendit à Edouard Walladmor tout le sang - froid, tout le calme qu'il avoit toujours montré en commandant la manœuvre sur le gaillard d'arrière des vaisseaux qu'il avoit commandés. Miss Walladmor le suivit des yeux, et s'arrêta, les mains levées vers le ciel, sur le seuil de la porte. Il s'avança avec son air de dignité ordinaire, et prononça quelques mots à haute voix en espagnol, en s'adressant à son ancien équipage. Ses anciens compagnons reconnurent sa voix et poussèrent de grandes acclamations de joie. Ces cris attirèrent sur lui l'attention de quelques dragons. L'un d'eux lui tira un coup de carabine qui le blessa légèrement à l'épaule gauche. Une autre balle s'aplatit sur un grand bouton d'argent qu'il portoit à son chapeau; mais ce coup l'étourdit un instant, et le força à reculer pour s'appuyer contre la muraille.

En ce moment critique, on vit entrer sous le vestibule un démon incarné sous la forme humaine, la vieille Gillie God-ber les yeux étincelans de rage, et respirant la vengeance. Derrière elle étoit un dragon: elle lui appuya une main sur le bras, et étendant l'autre vers Edouard Walladmor, elle lui dit d'une voix qui retentit dans tout le vestibule et jusqu'au plus haut de l'escalier:

— Le voilà! voilà le capitaine! voilà le traître!

Edouard Walladmor se rapprochoit en ce moment de la rampe de l'escalier. Le soldat attendit patiemment qu'il eût passé derrière un pilier, leva sa carabine, le coucha en joue avec beaucoup d'attention, et fit feu. Miss Walladmor avoit entendu

le cri de Gillie Godber ; elle avoit vu son
geste ; elle avoit remarqué le mouvement
du dragon ; elle s'étoit précipitée en avant
de son cousin en s'écriant avec l'accent
du désespoir : — Non ! non ! non ! et elle
tomba dans les bras d'Edouard, le sein
percé par la balle fatale qui ne lui étoit
pas destinée.

L'angoisse du désespoir, la fureur de
l'être qui se sent blessé dans la seule partie où il soit vulnérable, la soif de la vengeance, transportèrent en même temps
Edouard. Il prit un de ses pistolets, et son
bras, guidé par un œil qui ne l'avoit jamais trompé, envoya une balle droit au
cœur du dragon.

Cependant le tumulte, la confusion et
le carnage continuoient toujours ; mais
Edouard Walladmor ne voyoit plus rien,
n'entendoit plus rien. Il étoit retourné
près de sa malheureuse cousine, l'avoit

transportée sur la première marche d'un
escalier dérobé donnant sur le même palier, et s'asseyant pour lui appuyer la tête
sur sa poitrine, il regardoit avec désespoir ses yeux fermés, ses lèvres pâles, et
le sang dont sa robe étoit couverte. Il étoit
évident qu'elle étoit mourante. Il lui adressa
quelques mots dont le désordre peignoit
sa tendresse et sa désolation. Elle reconnut
le son de sa voix, fit un effort pour entr'ouvrir les yeux, et ils se fixèrent d'abord
sur deux nègres qui tenoient des torches.
Elle les en détourna comme d'un songe
affreux, et ils se reposèrent sur la seule
chose qu'elle désiroit voir, sur les traits
de son cousin qui étoit penché sur elle,
dans l'agonie de l'amour qui sent l'impossibilité de sauver ce qu'il aime. Un sourire
de tendresse se peignit sur ses lèvres ; elle
souleva les bras, Edouard pencha la tête vers
la sienne, leurs lèvres se joignirent, et au
même instant les bras de miss Walladmor

III.                                    10

tombèrent sans force à ses côtés , ses yeux
se fermèrent , elle poussa un profond soupir , un sourire parut encore sur sa bouche
et avec cet innocent sourire elle rendit l'âme
entre les bras de celui pour qui elle mouroit.

Le combat avoit cessé. Les dragons, surpris au milieu du sommeil , et ayant à peine
en le temps de prendre à la hâte une partie
de leurs armes , avoient eu un désavantage
marqué. Plusieurs d'entre eux avoient
été tués ; plus de la moitié des autres
avoient reçu des blessures plus ou moins
graves , et malgré les efforts de sir Charles
Davenant pour les rallier , ils prirent la
fuite de différens côtés , abandonnèrent le
champ de bataille à leurs ennemis, et cou-
rurent se cacher dans diverses parties du
château. Les marins, sans perdre un instant , retirèrent le corps de l'infortunée
miss Walladmor des bras de son amant ,
qui avoit perdu connoissance , et le re-
mirent entre les mains de ses femmes ;

après quoi, emportant leur ancien capitaine, ils sortirent du château en bon
ordre, marchèrent à grands pas vers la
mer, se rembarquèrent dans leurs chaloupes, et arrivèrent sans danger à leur
vaisseau, qui mit à la voile long-temps
avant la pointe du jour. Comme on n'es-
saya pas de le poursuivre, et qu'il n'y avoit
même aucune possibilité de le faire assez
tôt, on n'en entendit plus parler qu'après
son arrivée en Amérique.

Ce fut alors que s'accomplit l'ancienne
prédiction que Gillie Godber avoit citée
si souvent :

Lorsque les hommes noirs assiégeront la porte,
Il faut de Walladmor que l'affliction sorte.

quoique dans un sens qu'elle n'y attachoit pas, et que personne n'y attachoit ;
car dans le cortége nombreux qui sortit
quelques jours après du château pour conduire à la sépulture de ses ancêtres les

restes de la malheureuse miss Walladmor,
il ne se trouvoit personne qui n'eût le
cœur pénétré de l'affliction la plus profonde.

Gillie Godber elle-même fut du nombre
des tués. Une balle miséricordieuse mit fin
à ses longues souffrances, termina son
égarement d'esprit, et lui épargna peut-
être de nouveaux projets de crimes. Après
une longue période de calamités, pendant
laquelle elle n'avoit pris intérêt à qui que
ce fût, et n'en avoit inspiré à personne,
elle rentra dans l'asile commun à tous les
hommes, dans le cimetière d'Utragan.
Pendant une soirée sombre et silencieuse,
quelques personnes placées sur les hauteurs
qui dominent Utragan virent un convoi
funèbre peu nombreux s'avancer dans la
vallée qui circule entre les montagnes ; il
s'arrêta à un coin du cimetière bien connu dans tout le pays. La tombe du fils,
dont la dernière prière pour la paix d'esprit de sa mère n'avoit pas été exaucée,

étoit ouverte pour la recevoir ; et elle fut ainsi , après une séparation de vingt-quatre ans , réunie à l'unique objet de toute son affection. Ce spectacle fit revivre des idées de charité , et l'on oublia presque ses crimes en songeant à la cause attendrissante qui avoit égaré la raison d'une mère.

Après quelques semaines de maladie , sir Morgan Walladmor entra en convalescence , mais ce ne fut que quelques mois après , et lorsqu'il eut recouvré pleinement la santé et sa fermeté d'âme ordinaire , qu'on lui fit le détail de tout ce qui s'étoit passé au château. Dans le cours de l'année suivante : il apprit la mort de son fils. Il lui avoit envoyé en Amérique une somme considérable ; Edouard l'avoit employée à lever un régiment; et dans le combat décisif de Manchinilla , il trouva la mort qu'il désiroit. Lorsqu'on le releva parmi les morts , on le trouva la face contre terre , les lèvres appuyées sur un

portrait en miniature de miss Walladmor.
Cette mort renouvela les douleurs de sir
Morgan, mais c'étoit du moins une consolation d'apprendre que son fils étoit
mort en guerrier et avec honneur.

Nos lecteurs ont dû soupçonner depuis
long-temps que Bertram étoit le frère ju-
meau d'Edouard Walladmor ; les lettres
du capitaine Donneraite, celles de Winifred Griffiths, et les renseignemens qu'il
put donner lui-même, mirent ce fait à
l'abri du moindre doute. La femme de
Donneraite, alors lieutenant du *Serpent*,
et Winifred Griffiths, étant les seules
femmes qui se trouvassent sur ce bâtiment,
elles avoient tiré au sort les deux enfans,
et le sort avoit été favorable à Bertram ; car
quoiqu'il fût échu en partage à la femme
cruelle qui l'avoit ravi à ses parens, il eut le
bonheur de ne pas être élevé, comme son
malheureux frère, au milieu de brigands et
de pirates, et d'avoir sous les yeux, dès

son enfance, le spectacle de leurs crimes.

Winifred Griffiths, en enlevant à sa maîtresse ses deux enfans, s'étoit chargée en même temps de tous ses bijoux, dont la valeur étoit considérable. Elle se fixa dans un village d'Allemagne, s'y maria, et ayant pris insensiblement de l'affection pour Bertram, elle lui fit donner une bonne éducation, et l'envoya même à l'université de Hall. Elle vécut vingt ans et plus dans la prospérité; mais quand l'affliction vint la visiter, ce fut sous une forme qui lui apprit à connoître les angoisses de l'amour maternel trompé dans ses espérances. Elle étoit veuve depuis plusieurs années, et la mort lui ravit à l'âge de quatorze ans la seule fille que l'hymen lui avoit donnée. Le chagrin, en la conduisant lentement au tombeau, lui fit connoître les remords. Elle rappela Bertram de Hall, dans le dessein de lui révéler le secret de sa naissance; mais quand il ar-

riva, elle avoit presque perdu la parole ;
elle ne put prononcer que quelques mots
sans suite et à peine intelligibles, et elle
mourut en lui laissant tout ce qui lui appartenoit, ou, pour mieux dire, tout ce
qu'elle s'étoit approprié par un crime.

Elle en avoit pourtant assez dit à Bertram pour lui apprendre qu'il étoit né dans
le pays de Galles, d'une famille distinguée,
et qu'il avoit été dérobé pendant son enfance ; et ce fut pour tâcher de les découvrir qu'il se détermina à retourner dans le
pays qui l'avoit vu naître. On a vu comment cette découverte arriva ; et tout ce
qui nous reste à dire, c'est que sa présence
répandit des consolations sur la vieillesse
de sir Morgan, qui, d'après le caractère
aimable du fils qu'il avoit si miraculeusement retrouvé, put se flatter de voir se
perpétuer par lui les honneurs et les vertus
de l'ancienne maison de Walladmor.

FIN DU TROISIÈME ET DERNIER VOLUME.

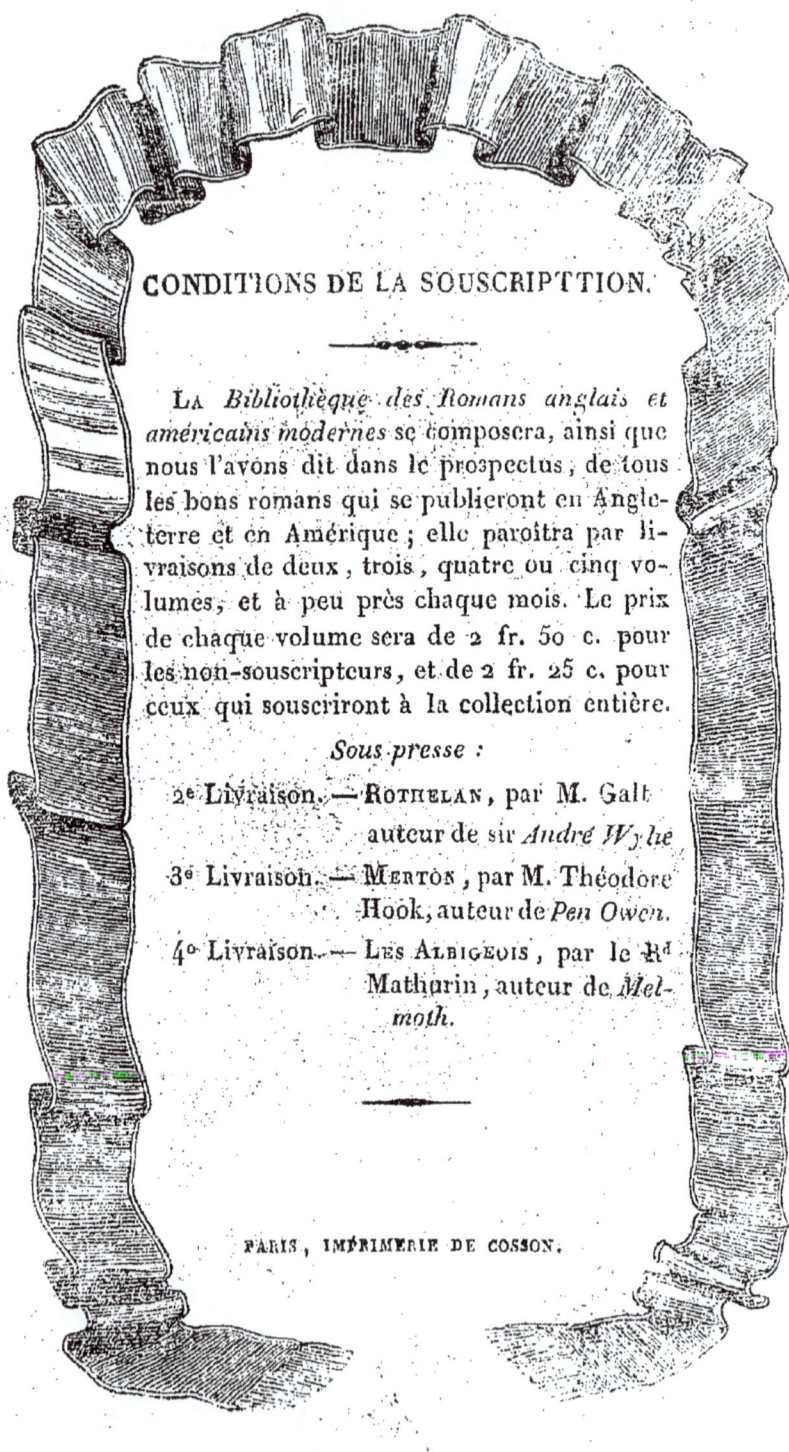

## CONDITIONS DE LA SOUSCRIPTTION.

LA *Bibliothèque des Romans anglais et américains modernes* se composera, ainsi que nous l'avons dit dans le prospectus, de tous les bons romans qui se publieront en Angleterre et en Amérique ; elle paroîtra par livraisons de deux, trois, quatre ou cinq volumes, et à peu près chaque mois. Le prix de chaque volume sera de 2 fr. 50 c. pour les non-souscripteurs, et de 2 fr. 25 c. pour ceux qui souscriront à la collection entière.

*Sous presse :*

2e Livraison. — ROTHELAN, par M. Galt auteur de sir *André Wylie*

3e Livraison. — MERTON, par M. Théodore Hook, auteur de *Pen Owen*.

4o Livraison. — LES ALBIGEOIS, par le Rd Mathurin, auteur de *Melmoth*.

PARIS, IMPRIMERIE DE COSSON.

www.ingramcontent.com/pod-product-compliance
Lightning Source LLC
Chambersburg PA
CBHW061453030726
47503CB00005B/1693